早朝始発の殺風景

青崎有吾

集英社文庫

目次

早朝始発の殺風景……7
メロンソーダ・ファクトリー……45
夢の国には観覧車がない……83
捨て猫と兄妹《きょうだい》喧嘩……121
三月四日、午後二時半の密室……161
エピローグ……207
解説／池上冬樹……223

早朝始発の殺風景

早朝始発の殺風景

プラットホームには朝が満ちていた。

朝の雰囲気とはしたたかなもので、その柔らかな光に照らされれば、どんなに退屈な景色でも静謐《せいひつ》で平穏で爽快に様変わりしてしまう。ここ横槍《よこやり》線・鶉谷《うずらだに》駅も例外ではなく、薄汚れた椅子から錆《さ》びた自販機、防犯カメラのぶらさがった柱から雨漏りのひどいトタン屋根に至るまで、すべてが朝に呑《の》み込まれていた。

まだ暖まっていない空気は五月中旬の割に肌寒く、ホーム上に人影はない。昇ったばかりの太陽が急角度で射《さ》し込み、点字ブロックをきらきら輝かせている。雀《すずめ》の鳴き声とどこかを走る車の音が、遠くからかすかに聞こえてくる。カメラを回したくなるような美しい早朝だった。ラジオ体操の歌に出てくるような希望の朝だった。

しかしそんなことよりも、僕は眠くてしかたがないのだった。

ホームの端に設けられた階段を下り、スクールバッグを揺らしながら歩いていく。ちょうどいい位置まで来て一番線側に並んだ。現在、午前五時三十分。始発が来るまではあと五分。ときおりあくびを漏らしつつ、短い時間をやり過ごす。

ピロリンピロリン。ピロリンピロリン。まもなくう、一番線にい、各駅停車あ、啄木《たくぼく》町《ちょう》行きがあ、まいります。

自動アナウンスが静寂を破り、くすんだ水色の八両編成が、一号車を先頭にして滑り込んできた。僕の前には七号車が停《と》まった。

五時三十五分発、下りの始発電車。

開いたドアから電車に乗る。

横槍線は郊外にある私鉄なのでそれほど繁盛《はんじょう》しているわけじゃなく、いつも席はガラガラだ。始発とくればなおさらのこと、どこでも座り放題だな。そんなことを考えながら七号車を見回すと、確かに席はガラガラだったのだけど。

予想に反してひとりだけ乗客がいた。

女の子だ。

右側に分けた黒いロングヘア。バッグを傍らに置き、スマホもいじらず本も読まず、膝《ひざ》に手を載せてじっと座っている。服装は僕と同じ高校の地味なブレザー。彼女も僕に気づいて、目が合った。

クラスメイトだった。

普段あまり話さないほうの。

「………」

退路を断つように、背後でドアが閉じきった。

僕は困惑していた。電車の中で微妙な知り合いに出会ってしまったときほど気まずい瞬間はない。しかも始発の車内で二人きりとか。無視するか？　でも目、合っちゃったし。かといって話しかけるのも、

「加藤木《かとうぎ》くん」

名前を呼ばれた。

「……おはよう。殺風景《さっぷうけい》」

僕も彼女の名前を返した。殺風景というのが彼女の苗字《みょうじ》だ。珍しいので覚えていた。下の名前は知らない。たぶん彼女も僕の下の名前は知らない。その程度の関係である。

「早いのね」

「そっちこそ」

「………」

「………」

「座れば？」

「あ、うん」

僕はちょっと迷ってから、彼女の左隣の、二人分ほど離れた場所に座った。

動きだした電車は鶉谷を出るところで、先ほど下りた階段が右から近づき、すぐ左に遠ざかっていくのが見えた。電車はこれから五つの駅に停まり、二十分ほどかけて高校のある終点〈啄木町〉へ向かう。それ自体はいつもの登校ルートだが。

「殺風景」おずおずと、話しかける。「これ、始発だぞ」

「知ってる」

「いま、五時半だぞ」

「正確には五時三十六分」

「校門開くのは七時半だし、朝礼は八時四十分だけど。なんでこんなところにいるんだ？」

「そっくりそのまま同じことを聞きたいわ」

「………」

その苗字を体現するかのように、殺風景はおよそ愛嬌《あいきょう》というものを持ち合わせない少女だった。

顔立ちは整っていて、ビー玉みたいな瞳《ひとみ》が印象的だが、常に無表情で喜怒哀楽のバリエーションがない。その荒涼ぶりはクールを通り越して空虚である。下手《へた》に近づいたら痛い目を見そうな雰囲気があり、ゆえに友達も多くない。僕の知る限りだと叶井《かない》という女子と仲がよかったが、その子は怪我《けが》をしたとかで、ゴールデンウィーク以降学校に来なくなった。なのでここ最近の殺風景は、クラスでも孤立気味である。

だからといって、彼女を避けたいわけじゃないけれど。いまから二十分近く一緒というのは正直困りものだった。まったく、どうしてこんな朝早くに登校を？

いや。そもそも彼女は〝登校〟中なのだろうか。

たとえばこうも考えられる。昨日、どこかで遊んでいるうちに終電を逃してしまった。そこで始発を待ち、乗り込んだところで僕と鉢合わせした。つまり彼女は啄木町に向かっているわけではない。一度家に帰って仮眠でも取ろうとしているところで、制服は昨日から着っぱなしなのだ。夜遊びなんて殺風景のイメージとはかけ離れてるけど――

「加藤木くん」ふいに、殺風景が。「ワイシャツの首の裏側、見せて」

妙なことを言ってきた。

え、と僕は声に出した。

「なんで」

「見たいから」

「……まあ、いいけど」

奇矯なご趣味をお持ちのようで。

僕はシャツの襟をひっぱって、相手に見えるようにした。殺風景はこちらに身を寄せる。ひとり分、両者の距離が縮まった。

「徹夜明けというわけじゃなさそうね」

「えっ」また声が出た。「どうしてわかった」

「首の後ろが汚れてないから。この季節にずっと同じワイシャツだったら、普通汗で汚れる。汚れてないってことは、昨日のうちに帰宅してちゃんとシャツを着替えたってこと」

「僕が徹夜明けで、家に帰るところだと思ったわけ？」

「始発に制服で乗ってる高校生がいたら、まずはそれを疑うべき」

「殺風景だって始発に制服で乗ってる高校生だろ」

「そういえばそうね」天然かおまえは。「でも私も徹夜明けじゃないし。ほら、制服綺《き》麗《れい》でしょ」

殺風景は髪をかき上げると、僕に首の後ろを見せた。白くて綺麗だった。いやシャツの襟の話だが。

「加藤木くん、鶉谷が最寄駅？」

「う、うん。殺風景は、鴨浜《かもはま》？」

彼女はうなずいた。鴨浜は鶉谷のひとつ前の駅で、この電車の始点である。

「とすると」殺風景は襟を直してから、「私たちはどちらも、家から学校に向かう最中ということになるのかしら」

「……みたいだな」

答えると同時に、電車が一駅目に滑り込んだ。

鶉谷と同じく、この駅にも乗客はいなかった。そのせいか車内アナウンスも流れず、ドアは勝手に閉まって、電車が動きだす。

僕は右隣の殺風景をちらちら見ながら、内心首をひねっていた。

学校に向かうといっても、啄木町に着いたところで校内には入れない。朝礼までの三時間近く、彼女はどこで何をするつもりだろう。

「いつもこの時間に乗ってるのか？」

「連休明けからずっと。今日で十日目」殺風景はさらりと答えた。「でも、加藤木くんと会うのは初めてね」

「僕はいつも遅刻ギリギリだから。今日だけ、ちょっと用事が」

「用事？」

流してもらうことを期待したのだけど、興味を示された。言うべきか、言わざるべきか。僕は悩んだ末に、

「漫画の立ち読みだよ」

「立ち読み？」

「今日発売の雑誌。『聲《こえ》の網《あみ》』っていう連載が最終回で、すごい楽しみでさ。一刻も早く読みたかったんだけど、鶉谷って住宅街に無理やり作ったような駅だろ？　朝から開いてる店とかないんだよ。それで、啄木町のコンビニで読もうかなって」

「漫画を一刻も早く読みたいから、早起きして始発に乗ったわけ？」

「そう」

「本当に？」

「本当だよ……コンビニに行くのは本当」

言い返してから迂闊《うかつ》さを悔いた。これじゃ立ち読みは嘘《うそ》だと言ってるようなものだ。

殺風景の冷たい視線を感じる。完全に嘘というわけでも、ないんだけど。

「殺風景はどうなんだよ」追及される前に先手を打った。「今日で十日目って、健康のために早起きでも始めたのか」

「健康には気を遣ってないし、朝は家で寝てるほうが好き」

「じゃあどうして」

「あなたと同じで用があるの。立ち読みよりずっと大事な用だけど」

「大事な用……人に会うとか？」

彼女は首を横に振って、

「あいにく、友達少ないから」

自虐を放った。いや、客観的事実を述べただけかもしれない。彼女の表情は相変わらず殺風景で、心のうちが読みにくい。

「…………」

妙な間《ま》が車内を包み、僕はますます気まずくなった。とりあえず天気の話でも……とノープランで口を開きかける。

そのとき、ポケットの中でスマートフォンが震えた。小刻みに三回。LINEの新着メッセージである。アプリを開くと「電車行っちゃった〜ちょっと遅れます」という、僕とは直接関係のない内容だった。

「こんな早朝に誰かからメール？」

少し意外そうな殺風景。

「映研のグループLINEだよ。朝っぱらから撮影中らしくて」

「映研？　加藤木くん、映画研究部なの？」

「部長だよ。名前だけだけど」

殺風景は目をぱちくりさせた。知らなかったのだろう。まあ先ほども言ったように僕らはその程度の関係である。ちなみになんの折に知ったのだったか、僕のほうは彼女の部活を聞き及んでいる。帰宅部だ。

「ちょっと待って」と殺風景。「映研の人たちはいま、どこかで撮影中なの？」

「文化祭用の短編作っててさ。鴨浜で告白シーンを撮るらしいよ」

「鴨浜？」

「そう。君の最寄駅」

「この電車は逆方向だわ。加藤木くんは撮影に行かないの？　ちゃんと早起きしてるのに、目的地は啄木町のコンビニなの？」

しまった、また喋《しゃべ》りすぎた。

「んーと、まあその、漫画の最終回気になるし。サボりってやつ？　映研の連中には黙っといてもらえると助かるよ」

おどけた調子でごまかしたものの、殺風景はますます疑念を強めたように僕を見つめてきた。ビー玉めいた瞳に吸い込まれそうになる。いろいろどぎまぎしてしまって、僕は明後日《あさって》の方向を向いた。歯医者やスーパーやファミレスの看板が、車窓の外を通り過ぎていく。

「加藤木くん」しばらくのち、殺風景は。「スマホを見せてもらってもいい？」

さっきにも増してとんでもないことを言ってきた。僕は思わず向き直った。

「君は僕の奥さんか」

「奥さんはスマホを見たがるの？」

「いや、わかんないけど」なんとなくそんなイメージがある。「え、なんで僕のスマホ見たいわけ？」

「手がかりがほしいから。加藤木くんが、なぜ始発に乗っているか知るための」

淀《よど》みなく殺風景は答えた。

「スマホが手がかりになるのか？」

「わからない。けど、映研のグループＬＩＮＥには興味ある」

「…………」

これも、なんとなくのイメージとして。

殺風景はロボットみたいに合理的で、冷酷無比のロジカリストで、無駄なことは一切しないタイプだと思っていた。でも、違うのかも。本当は人並みに感性豊かで、それなりに好奇心旺盛《おうせい》で、けっこう面白い奴《やつ》なのかも。彼女に対する見方が、そんな方向へ少しだけ傾く。

しかしだからといって、スマホを見せるかどうかは別問題なわけで。

どうしたものかと僕は思案した。ＬＩＮＥを見せると秘密に気づかれる可能性もある。そうだ、無理な条件をふっかければ相手のほうから引き下がるかも。

「タダで見せるのはちょっとなあ」わざとらしく腕を組む。「人の番号とかアドレスもいっぱい入ってるし、プライバシーに関わるし。だからフェアを期すため、殺風景のスマホと交換っていうなら呑んでやってもいいかな。僕も君がなぜ始発に乗っているか気になるわけだし……」

「はい」

「渡すのかよ！」

差し出されたスマホに向かって僕は叫んでいた。

「別に、怪しいものはないから」

「待て。その言い方だとなんか、僕のスマホに怪しいものがあるみたいじゃないか」

「あるの？」

「ないよ！　ああもうしょうがないな」

僕は折れた。殺風景はこくりとうなずき、スマホを受け取りやすいよう僕に近づく。

彼女との距離が、およそ〇・五人分に縮まる。

電車が、二つ目の駅に到着した。


七号車に乗り込んでくる者はやはりおらず、ドアはすぐに閉まった。僕らは互いのスマートフォンのロック画面を解除し、交換を行った。

殺風景は遠慮もなしにタッチパネルをいじりだす。僕もしかたなく、彼女のスマホを調べ始めた。殺風景はメールもメッセージアプリもあまり使っておらず、もっぱら電話ユーザーのようだった。通話履歴には〈叶井さん〉が並んでいた。やっぱり仲いいんだ。

〈最近使ったアプリ〉を呼び出すと、メモ帳が出てきた。開いて流し読みすると、皮を剝《む》いてどうだとかブツ切りにしてどうだとか、料理のレシピ的なものが書き込まれている。それ以外、彼女の趣味を示唆するようなものはなかった。余計なアプリもほとんど入っていない。

「このウサギのアイコン、見たことないな。何かのゲーム？」

「生理周期の管理アプリ」

「……あ、そう」

だから交換なんてしたくなかったんだ、僕は。

「五月十日。荒川《あらかわ》『16日朝6時、鴨浜美術館集合で。中庭でシーン25撮ります』」

殺風景は気にする様子もなく、映研のトーク履歴を読み上げた。

「荒川って？」

「三組の男子。いま撮ってるやつはそいつが監督なんだ」

「五月十三日」さらに履歴が読み上げられる。「加藤木『ごめん、16日やっぱ行くのやめる』『早起き苦手』荒川『えーマジで？』加藤木『ごめん』『カメラは北田《きただ》ちゃんに任せます』北田『了解です～』。……加藤木くん、三日前に撮影参加を断ってるのね。理由は『早起きが苦手』だから。そうは見えないけど」

殺風景は横目で僕を見やった。早起きして始発に乗っている僕を。

「実際、苦手だよ。いまも眠いし」

そう言ってふわあとあくびをしてみせたが、殺風景に会った驚きでとうに眠気は吹き飛んでいた。見抜かれる前に演技をやめ、スマホの調査に戻る。怪しいものが入っていなくても、何かのヒントは見つけられるはずだ。

画像フォルダを開いたとき、指の動きが止まった。

殺風景の画像フォルダはやはりこざっぱりしていて、カメラで撮った写真が五、六枚入っているだけだ。しかしその五、六枚がどうにも妙である。

日陰にぽつんと置かれたベンチの写真。煙草《たばこ》の吸い殻が溜《た》まった水たまりの写真。公衆トイレだろうか、外壁に落書きされた小さな建物の写真。どれもそんな、陰気な静物が被写体だった。背景には樹木や芝生、遊歩道が写っている。

一番新しい写真の撮影時間を見てみると、〈2018－0514－0632〉とあった。

二日前の、午前六時三十二分。

早朝だ。

ということは、これらの写真は殺風景の朝の用事と関わっているに違いない。どこで撮った写真だろう？　この場所は、確か——

「自然公園だ！」

僕が叫ぶと、殺風景は交換中のスマホから顔を上げた。

「遊歩道のタイルの形で思い出した。殺風景、君が始発に乗って毎日どこに行ってるかわかったぞ。啄木町の自然公園だ」

啄木町は横槍沿線の中ではそれなりに栄えた町で、高校や商店街のほかに大きな自然公園がある。そして公園なら、朝の行き先としても納得の場所だ。

「朝から時間をつぶせる場所なんて、自然公園くらいしかないし……よく考えると乗車位置もそうだな。七号車から啄木町で降りれば、自然公園が目の前だ」

啄木町駅は、一号車の停車位置付近に北口が、七号車の停車位置付近に南口があり、北口から出ると高校や商店街に、南口から出ると公園に近い。

「正解だけど」と、殺風景。「公園の存在に、いま気づいたような言い方ね」

「いま気づいたよ。あんまり行ったことないから忘れてた」

コンビニに行ったあとは公園で時間をつぶすのもいいなあ。などと考えながら、僕は殺風景にスマホを返した。殺風景も僕のスマホを返してきて、交換タイムは終わった。

「手がかりは得られたようね」

「けっこう重要なやつがね。そっちは？」

「正直言って」殺風景はポーカーフェイスのまま、梟《ふくろう》みたいに首をかしげた。「加藤木くんのことが、よくわからなくなってきた」

電車が三つ目の駅に停車した。

ここでも七号車に乗り込んでくる客はいなかった。弱い振動とともに電車が走りだし、吊《つ》り革と吊り広告がゆらゆら揺れる。ローソンだけが開店している駅前広場を、僕はぼんやりと見送る。

クラスの女子から面と向かって「よくわからない奴」の烙印《らくいん》を押されたのは悲しかったが。それはまあお互いさまだ。何せ僕も、いまだに殺風景のことがよくわからない。

目的地は啄木町の自然公園。これははっきりした。「連休明けからずっと」「今日で十日目」という言葉から察するに、彼女はここ一週間以上、休日も含めて毎朝自然公園に足を運んでいる。

問題は、公園で何をしているかだ。

彼女はこうも言っていた。「用がある」と。それもかなり「大事な用」だと。

普通、毎朝公園に行ってやることといえば、散歩やジョギングやラジオ体操だろう。しかしこれらは三つの理由から否定できる。第一に、彼女は「健康には気を遣ってない」と明言している。第二に、ジョギングや体操は制服姿でやるものじゃない。第三に、これらの習慣はとりたてて「大事な用」だとは言いがたい。とすると、彼女の用事とは?

僕は景色を眺めながら考える。

鍵《かぎ》はやはり写真かもしれない。ベンチや公衆トイレを写した写真。朝がすべてを静謐で平穏で爽快に見せるとはいえ、あれらの写真はどれも暗い雰囲気をまとっていた。なぜ殺風景はあんな写真を撮ったのだろう。朝の公園ならもっといい景色がたくさんあるだろうに。苗字のとおり殺風景な写真が趣味？　フォトグラファー志望？　写真撮影が目的なのだろうか。でも、十日で撮った枚数があれだけってのは少なすぎるし……十日？

――連休明けからずっと。今日で十日目。

そういえば――

形を成しかけた僕の思考は、ファスナーを開ける音でさえぎられた。

殺風景がスクールバッグの中から、銀色のパッケージのゼリー飲料を取り出していた。

「え、飲むの？」

「うん。朝食代わり」

「電車で飲食はマナー違反じゃないか？」

殺風景は二回まばたきをして、七号車を見渡す。

「始発だし。誰もいないし。音も立たないし、匂《にお》いもしないし、こぼしもしない食べ物だけど。ていうか飲み物だけど」ゼリー飲料を顔の横に持ち上げて、「だめ？」

「いや、別にだめってわけじゃ……飲みたいならどうぞ、ご自由に」

もとより僕の忠告などどうでもよかった様子で、殺風景はゼリー飲料のキャップを開ける。パキ、と小気味よい音。

「加藤木くんって、正義感が強いんだ」

「……正義感は人並みだけどさ。怖がりなんだよ。怒られるの、いやだろ。だからなるべく悪いことはしない」

「私とは気が合わなそうね」

そんな一言を放ってから、殺風景は吸い口に唇をつけた。

〈10秒チャージ〉のキャッチフレーズとは裏腹に、彼女は一八〇グラムのゼリー飲料を、時間をかけてゆっくり飲んだ。これ一本だけで昼までもつのかな。彼女の体型ならもつのかもしれない。まじまじと見る機会がないので気づかなかったが、殺風景の体は細い。無駄がなく、遊びもなく、傷もない。これもまた殺風景たる所以《ゆえん》か、入居前の真っ白な部屋を覗《のぞ》いている気分になる。

息継ぎのため、殺風景の唇が吸い口から離れた。かすかな水音。極細の糸が一、二センチ伸び、幻のようにすぐ切れるのが、淡い光の中で確かに見えた。なぜか背筋がぞくりとする。早朝の肌寒さのせいだ、きっと。

殺風景はこちらを見る。

「気になる？」

「い、いえまったく」なぜか敬語になった。「気にしてなどは」

「ならいいけど。私も、いやがる人の前でわざわざ飲むほどおなか減ってないし」

あ、マナー違反の話か。

「殺風景は、毎日ここで朝食取るわけ？」

「最近はずっとそう。こっち側の席だと工場とか見えるし。そういうの見ながらごはん食べるの、好きなの」

「ごはんったってゼリーだろ……僕それ、飲んだことないんだけど。うまいの？」

「そこそこ。一口飲む？」

「え、いいんですか」

また敬語で応じると、

「電車で飲食はマナー違反なんでしょ」

あしらわれるように言われた。なんだ僕は。弄《もてあそ》ばれてるのかこれは。

「そういえば加藤木くん、悪いことはしない主義なのに部活はサボったのね」

「……なるべくしない主義だから。たまにはするんだよ」

「それってすごく、普通の人みたい」

彼女はまたゼリー飲料に口をつけ、くつろぐように脚を組んだ。プリーツスカートがちょっと持ち上がって、眩《まぶ》しい肌の範囲が広がり、僕の目に喧嘩《けんか》を売ってくる。ええい、こんな朝から邪念を持ってどうする。

僕は振り払おうと視線をずらし、
今度は、殺風景のスクールバッグに釘《くぎ》づけになった。

それまで荷物を体の右側に置いていた彼女だが、ゼリーを取り出したついでに、バッグが僕の側に移動していた。ファスナーも閉め忘れていて、中身が見えた。

女子のスマホを隅々調べた上バッグの中まで盗み見るなんて我ながら非常識極まりないと思うが、目を離すことはできなかった。僕にとってはそれくらい意外なものが、女子高生の持ち物としてはおよそ似つかわしくないものが、そこに入っていたからだ。

ノートが数冊。教科書が数冊。ペンケースがひとつ——その横に隠れるようにして。

軍手が一組と、ミニサイズのジップロックが数枚。

今日の授業で軍手やポリ袋を使う機会はもちろんない。殺風景は帰宅部だから部活で使うわけでもない。ではなぜこんな妙なものを?

そのとき、バッグの前にさっと手が伸びた。殺風景が僕の視線に気づいたのだ。

今朝出会ってから初めてだろう、殺風景は目に見えて動揺していた。先ほど僕が見せたのと同じ「しまった」という顔。後悔と自省にわずかな警戒もにじませて、彼女は僕を一瞬だけにらんだ。それからすぐにいつもの無表情を取り戻し、飲み終えたゼリー飲料をバッグに入れた。

しかし、時すでに遅かった。僕の脳内で、先ほどひらめきかけたある発想と、バッグの中のささやかな発見が、歯車のように組み合わさる。

いま見た奇妙な持ち物が、朝の用事と関わっているのだとすれば。

スマホを取り出し、時計を見た。午前五時四十八分。早朝だ。早朝に、自然公園で大事な用。軍手と小さなジップロックを使って――

「殺風景」

「加藤木くん」

僕が彼女の名前を呼ぶと同時に、彼女も僕の名前を呼んだ。僕が驚いて言葉に詰まると、その隙《すき》に彼女はこう続けた。

「アリバイ作りはうまくいきそう?」

高いブレーキの軋《きし》みとともに、電車が四駅目に滑り込んだ。

意図して始めたわけじゃないが、いつの間にか僕らは、始発に乗った目的を探り合う奇妙なゲームに興じていたようだ。

勝ったのは殺風景だった。わずか数秒、タッチの差で。

四番目の駅でも七号車に乗り込む乗客はいなかった。各駅停車は終点へ向けて、再び動きだす。

「どうしてそう思ったわけ」

　僕が尋ねると、殺風景は組んだ脚をもとに戻した。

「最初に気になったのは、乗車位置。加藤木くんが乗ってきた鶉谷駅は、ホームの端、一号車の停車位置近くに階段がある。啄木町も同じ場所に出口が。毎日登校に使ってるなら説明するまでもないけど、鶉谷から電車に乗って、啄木町の商店街や高校方面へ行きたい場合は、階段を下りてすぐ近くの一号車に乗ったほうが移動が楽。始発なら、どの車両に乗ろうと混んでいるはずもないし。つまり加藤木くんには、わざわざ七号車の乗車位置まで歩いてくる必要がまったくない。でもあなたは七号車の前で待っていた」

　僕が電車に乗った瞬間から違和感を抱いていたわけか。

「七号車に乗って啄木町で降りた場合、近いのは自然公園。だから、二人とも啄木町に向かっていると判明した時点で、加藤木くんの目的地は私と同じ場所なのだと推測した。私は、公園に行ったあともずっとあなたと一緒というのは避けたかった。そこであなたの目的を気にした」

「殺風景」

「なに？」

「一応言っておくと、クラスの女子から『一緒にいるのを避けたい』って明言されるのはけっこうショックだぞ」

「私の用事の性質上、ひとりじゃないと都合が悪いから」

なんとも飾りけのない、殺風景な物言いだった。

「話を戻すね。啄木町で何をするのか聞いたら、加藤木くんは『漫画の立ち読み』だと言った。でもこれは嘘」

「乗車位置が商店街のある北口と離れてたから？」

「それもあるけど。本当にその漫画を一刻も早く読みたいなら、加藤木くんが啄木町まで行くのは矛盾するから。窓の外、いくつかコンビニが通り過ぎたでしょ。鶉谷以外の駅前には二十四時間営業のコンビニがあるのだから、すぐ隣の駅で降りればいい。定期があるから途中下車しても電車賃かからないし」

「……そこまでして早く読みたいわけじゃなかったのかも」

「その場合、今度は始発に乗っている事実と矛盾が生じる」

「ああ」

確かに、おっしゃるとおりだ。

「それに何より、立ち読みの話をする加藤木くんが嘘っぽかったから」

「君と話してると、どんどん自分に自信がなくなってくるよ」

「嘘をついた以上」殺風景は無慈悲に続ける。「その裏には秘密があるはず。つまりあなたが始発に乗った理由は、なるべく他人に隠したい、後ろめたかったり恥ずかしかったりする類《たぐい》のもの。私は、家族問題だと思った」

「家族問題？」

「家にいたくないから朝早く出かけたんじゃないかってこと。たとえば両親と喧嘩して、朝に顔を合わせたくなくて、行くあてはないけどとりあえず始発に乗ったとか」

「そう思った根拠は？」

「徹夜明けを疑ったのと同じ。朝練が厳しいわけでもないし、学校にも三十分ちょっとで行ける。そんな高校生が始発に乗る理由としては、それが一番ありそうだと思えたから。でもすぐに間違いだとわかった。映研のグループＬＩＮＥ」

僕は殺風景の視線から守ろうとするように、ポケットの中のスマホをそっと手で覆った。

「朝の撮影なんて外出するには絶好の口実。私が加藤木くんで家にいたくない状況だったら、喜んで撮影に参加してる。数日前に不参加を表明してるとしても、理由は『用事ができた』とかじゃなくて『早起きが苦手』だったしね。たまたま早起きできたと言って合流すれば済む話。でも実際はどうかというと、あなたは撮影に行かず真逆の方向に向かってる。よって、早朝に外出した理由は『家にいたくないから』ではなく、『啄木町に明確な用事があるから』だと考えるべき」

「……で、僕のＬＩＮＥを見たがったわけか」

「映研のやりとりを確認したかったから。それにもうひとつ、私が公園に行くことに気づいてほしかったし」

つけ足された言葉が理解できず、僕は眉根《まゆね》を寄せた。

「私はその時点で、まだ加藤木くんの目的地が自然公園だと思ってた。乗車位置の問題があったから。そしてさっきも言ったように、公園では一緒に行動したくなかった。だからスマホを交換して、私の画像フォルダを見た加藤木くんが『こいつも公園に行くんだ』と気づけば、身を引いたり遠慮してもらえるんじゃないか。そう思ったの」

「じゃ、じゃあスマホの交換は」

「あなたが提案しなかったら私から言うつもりだった。でも、スマホを無条件で見せてくれる人なんて、いるわけないしね」

それはまるで、僕のほうから提案するのを予測していたような口ぶりで。

あのとき、すぐに自分のスマホを差し出してきた殺風景。「別に、怪しいものはない」という一言。さっきとは違う意味で背筋が粟立《あわだ》った。彼女はスマホの交換で、手がかりを得ようとしていただけではない。僕に手がかりを与えようとしていたのだ。

僕は認識を改める。

彼女はやはり、徹底した合理主義者だ。策士だ。

「スマホを交換した結果、ロケ地は鴨浜の市民美術館で、加藤木くんは数日前から不参加を表明していたことがわかった。そして加藤木くんのほうは、狙《ねら》いどおり私の目的地に気づいてくれた。でも少し変だった。加藤木くんは啄木町に公園があることに初めて気づいたみたいだったから」

僕の目的地も公園なのだとしたら、そんなリアクションを取るのは確かに不可解だ。

「演技だとは思わなかったのか」

「立ち読みの嘘のわかりやすさからして、その可能性は低い」

「……ですよね」

「まとめると、加藤木くんの目的地は公園じゃなかったってこと。『コンビニに行くのは本当』っていう言葉も一応その証拠になる。でも、だとすると乗車位置の問題に説明がつかない。なぜ加藤木くんは一号車付近ではなく、わざわざ七号車の前で電車を待っていたのか。七号車で乗り降りすると、何か利点があるのか」

「…………」

「そこまで考えたとき、もうひとつ矛盾に気づいたの。映研のＬＩＮＥ。『16日朝6時、鴨浜美術館集合で。中庭でシーン25撮ります』。最初は読み流したけど、よく考えるとすごく変。こんな早朝に美術館が開いてるわけないんだから」

僕は頭をかいた。ばれたか。だからスマホを渡したくなかったんだ。

「彼らが実際に美術館の中庭で撮影を行うなら、それは不法侵入の可能性がとても高くなる。高校生のやることだから見つかっても怒られる程度だろうけど、犯罪であることには変わりない。そして加藤木くんは『なるべく悪いことはしない』主義の映研部長。数日前に『やっぱ行くのやめる』と撮影参加を断ってる。断った上で、撮影とほぼ同じ時刻におかしな乗車位置から始発に乗り、鴨浜と最も離れた終点・啄木町へ向かってる。啄木町に着いたら何をするか？　あなたは『コンビニに行くのは本当』だと言った……」

殺風景は僕に顔を寄せた。二人の距離はいつの間にか、スクールバッグの幅ひとつ分にまで縮まっていた。

「これらのことから。加藤木くんは、映研の仲間たちが不法侵入で補導された場合に備えて、自分が現場にいなかったことの客観的不在証明を、つまりはアリバイ作りを、現在進行形で行っているのだと思われる。撮影が行われる同時間帯、現場から離れた駅のホームやコンビニのカメラにあなたが映っていれば、これ以上強力な証拠はないから」

しめくくると、殺風景は「違う？」と尋ねてきた。冷たく澄んだ目が間近に迫る。

僕は両手を上げる代わりに、ため息をついた。

「違わない」

「よかった。すっきりした」

表情からは読み取れないが、殺風景はご満悦の様子だった。

それにしても、誰にもばれないと思ってたのに……。僕は自分の行動を悔やんだ。七号車の乗車位置を選んだのは、そこが鶉谷のホーム上で最もカメラに映りやすかったからだ。殺風景と鉢合わせするとわかっていれば、立ち位置をずらしたんだけど。

「部室ではさ、僕は何度も止めようとしたんだよ」ぽつぽつと、語る。「なのに荒川の奴が、美術館のオブジェと朝日がどうしても必要だって言って聞かなくて。塀乗り越えてこっそり撮れば気づかれないって……何かあったら、責任取らされるのは僕なのに」

「責任感が強いんだ」

「いや、むしろ責任感はないよ。僕は、自分が怒られるのがいやってだけだから」

だからこうやって、自分の身だけ守ろうとしたのだ。

「もしアリバイを開示する必要に迫られたら、啄木町で何をしていたと言うつもりだったの？」

「君に話したとおり、コンビニで立ち読みしてたって」

「あまり気の利いた嘘とは言いがたいわね」

「そうかな」僕は彼女へ視線を流し、「君のやってることよりは現実味があるかも」

ぼそりとつぶやいた。

殺風景は背筋を伸ばした姿勢のまま、微動だにしなかった。僕は背後の窓ガラスに頭をもたせかける。電車のスピードが少しずつ落ちて、慣性の法則に体を引かれる。

やがて電車は、五つ目の駅に到着した。

「殺風景」慎重に、口火を切った。「僕からもひとつ聞きたいことがあるんだけど、いいかな」

「どうぞ」

「君が自然公園に行く理由は、叶井が学校に来なくなったことと関係あるのか？」

終点までは、あと一駅だ。

ゴールデンウィークが明けてから、殺風景と仲のよかった叶井が学校に来なくなった。五月病なんて言葉もあるし、休みを延長してまだ旅行中の奴もいたし、最初は誰も気にしなかった。けれど三日目を過ぎたころ、妙な噂《うわさ》が立った。

叶井は塾の帰り道で誰かに襲われたらしい。乱暴されて、そのショックと治療のため学校に来られなくなったらしい。通り魔が。いや変質者が。噂にはあっという間に尾ひれがつきまくり、真偽のほどはわからなくなった。だから僕は、すべて話半分に聞いていた。本気にしてはいなかった。

するべきだったのかもしれない。

最後の停車駅でも、七号車に乗る客はいなかった。ドアが閉まり、各駅停車が発車する。

「どうしてそう思ったわけ」

走行音に紛れるように。さっき僕が投げた質問を、そのまま返された。

僕は姿勢を正し、解説を始める。殺風景みたいにうまく話せるかはわからないけど。

「君が自然公園に毎朝通ってるのは、乗車位置からもスマホの写真からも明らかだった。『大事な用』の内容だけがわからなかったんだけど、さっきバッグの中に、軍手とジップロックが入ってるのが見えた」

「盗み見たのね」

「君が脚を組……いやその、たまたま視界に入ったんですよ」敬語で弁明してから、「とにかく高校生の持ち物にしては特殊すぎる。朝の『大事な用』と関係があるんだろうと思った。軍手を使うってことは手が汚れるってこと。複数のジップロックはおそらく何かを保存するため。以上のことから君は、自然公園でゴミを拾い集めているのだと思われる。連休明けから、十日連続で毎日」

反応をうかがうと、殺風景はクラシックでも鑑賞するように目を閉じていた。

「なぜゴミを？　ボランティア精神？　違う。単なる清掃なら、拾ったゴミは公園のゴミ箱に捨てればいい。ジップロックに保存する以上は自宅に持ち帰ってるんだろう。ゴミのコレクションが趣味？　これも違う。『大事な用』というからには、そして十日連続で休まず通っているからには、単なる趣味とは思えない。それに」

「それに？」

「どういう理由でゴミを集めてるにしろ、始発に乗るのは早すぎる。なぜわざわざ、その日最初の電車に乗るのか？　ほかの人間にゴミを掃除されたくないからだろう。つまり君は、夜のあいだに公園に捨てられたゴミを調べてるんじゃないかと思えてきた」

　僕は根本的なことを見落としていたのだ。

　朝は、突然やってくるわけじゃない。夜の延長線上にある。

　それに。夜間に外を出歩けば怪しまれるが、早朝なら誰も気に留めない。早起きだなあ、と思われるだけで。

「真夜中の公園にゴミを残してくのは、不良とか酔っぱらいとかだろう。スマホに入ってた変な写真も、彼らが汚した場所の痕跡《こんせき》を追いかけているのだとすれば納得だ。じゃ、なぜそんなことを？　そこまで考えて、もうひとつ気づいたんだ。君が公園に通い始めたタイミングは、叶井が休み始めたタイミングとぴたり一致する」

　殺風景はそっと目を開いた。僕に代わり、他人事《ひとごと》のように情報を並べ立てる。

「私は友人が休み始めると同時に、毎朝自然公園に行って、夜のあいだに捨てられたゴミを調べ始めた。それは私にとっての『大事な用』。単に集めるだけでなく家に持ち帰っているらしい。スマホの写真から、汚された場所の痕跡を追っているのだろうとも思われる。……じゃあ、私の目的は？」

「探しているんだ」

「何を？」

「ものじゃない」僕は声を低めた。「人だよ」

早朝の爽《さわ》やかさがどこかへ行ってしまったような、重い沈黙が降りた。殺風景は前を向いたまま姿勢を崩さず、僕はそんな彼女から目を離さなかった。

やがて殺風景は、ゆっくりと手を動かし、髪の毛をかき上げた。

「私の推理ほど論理的じゃないわね」

「間違ってた？」

また、沈黙。彼女はその問いには答えず、「加藤木くん」と話しかけてくる。

「もしあなたの友達が、本当に大切な友達が、誰かからひどく理不尽な目にあったとして。泣きじゃくる彼女の、助けを求める声を電話で聞いたとして。警察は犯人を見つけられず、自然公園の近くに住んでいるらしいということだけが唯一の手がかりだったら。自分でそいつを探し出して復讐《ふくしゆう》してやろうと思うのは、普通のことだと思わない？」

「……普通じゃないけど」僕は言葉に迷ってから、「正しいことだと思うよ」

『終点、啄木町。終点、啄木町、です』

ふいに、鼻声の車内アナウンスが入った。電車の速度が落ち、前方から通い慣れた啄木町駅が近づいてくる。駅舎の背後には、朝日に照らされる自然公園の緑が見えた。

プシュウ。気の抜けた音を立てて電車が停まる。『ご乗車お疲れさまでした』と車内アナウンス。本当に疲れた。

僕はバッグを肩にかけ、始発の各駅停車を降りた。殺風景も続けて降車した。南口へ向かう彼女に、僕もさりげなくついていく。

「犯人、見つかりそうなわけ？」

「捜査は順調」

「本当に？　公園を調べただけで？」

「煙草の吸い殻とか、足跡とか、落書きの塗料とか、手がかりはたくさんある。それに私、こういうの得意だから」

「……ああ。それはここ二十分間で思い知った」

改札を出ようとしたところで、殺風景は僕を振り返った。

「防犯カメラ、映りに行かなくていいの？」

「万が一のときは、君に『加藤木と一緒にいた』って証言してもらうよ。そっちのほうが簡単だ」

「それはそれで、妙な誤解を生みそうだけど」

「あれ、殺風景もそういうの気にするんだ」

彼女は応《こた》えず、代わりに「ピ」というＳｕｉｃａの音が返事をした。

南口から出ると、外は街路樹が連なる県道だ。太陽の位置は少しだけ高くなり、空気も暖かくなっていた。道には誰もおらず、車も走っていなかった。

「公園についてくる気？」と、殺風景。

「二人のほうが捜査もはかどるかと思って。だめかな」

「別にいいけど。ちょっと意外」

「叶井が本当に乱暴されたってのは初めて知ったし、僕も腹が立ったしさ。犯人を見つけて、警察に協力したいから」

「警察？」

殺風景は、押しボタン式の信号の前で立ち止まった。

「加藤木くん。もしかして私が、犯人を見つけて警察に突き出すつもりだと思ってる？」

「……違うの？」

「ぜんぜん違う」彼女は無表情に答えた。「刑務所に入れる程度じゃ、私の怒りは収まらないから」

僕は、思い出す。

僕が「なるべく悪いことはしない」と話したときの、殺風景の一言。

——私とは気が合わなそうね。

信号が青に変わり、殺風景は横断歩道を渡った。僕はその背中を呆然《ぼうぜん》と見つめ、数歩遅れてあとを追う。

「見つけたら、どうするつもりなんだ」

「考えうる限り残酷な目にあわせる」

「具体的には」

「いま、アイデアを書き溜めてるところなの」

殺風景はスマホを顔の横に持ち上げ、おそらく僕と出会ってから初めて、かわいらしい笑顔を見せた。

「スマホのメモ帳に」

メロンソーダ・ファクトリー

1

ぴぃん、ぽーん。

壊れかけの目覚まし時計みたいな、調子はずれの電子音が鳴る。

白くて丸くて上にボタンのついた名称がよくわからない機械から発されるこの店の呼び出し音は、ノイズがまじっている代わりにやたらとボリュームがでかい。広い店内に響き渡るその音の余韻は、授業中におなかが鳴ってしまったときのような妙な気恥ずかしさをともなっていて、私はいつも周囲のテーブルを見回してしまう。そしていつも、店の経営状態が心配になる。

駅から離れた場所にあるせいか、店内は今日も今日とて客が少ない。ファミリーレストランのくせにファミリーどころかカップルの姿さえ皆無である。天井でゆるゆると空気をかき回すファン。ソファーには傷。床にはシミ。見事なほどの寂れ具合だけど、繁盛していたらしていたで私ら三人の溜《た》まり場がなくなるし、まあこのくらいがちょうどいいのかもしれない。

「ど、ち、ら、に、し、よ、う、か、な、て、ん、の、か、み、さ、ま、の、ゆ、と、り、きょ、う、い、く」

すぐ右隣で謎のフレーズが聞こえた。メニュー表とにらめっこしていた詩子《うたこ》が、ようやく何を頼むか決めたらしい。

「よし。今日はクリームあんみつ」

「何と悩んでたの」

「シチリア産オレンジシャーベット」

「あー、じゃあ私がそれ頼むわ。一口やるよ」

「ほんと？　やった。神様閻魔《えんま》様真田《さなだ》様」

「閻魔様は悪口だろ」

詩子はメニュー表を閉じ、裏面に載っていたお子さま向けの間違い探しに気を取られ、今度はそっちとにらめっこを始める。小学生のころからいまいち成長がうかがえない奴だ。ここに来る途中暑さに負けて胸元をパタパタやっていたせいだろう、スカーフの形が崩れている。

「ほらほら詩子、こっち向いて」

手を伸ばして、青色のスカーフを結び直してやった。私たちが通う水薙《みずなぎ》女子高は学年ごとにスカーフの色が違う。三年生は赤で一年生は緑だが、夏用の白いセーラー服にはやっぱり二年生の青色がよく映える。悔しいことに詩子が着ているとなおさらそう感じるのだった。櫛《くし》いらずのストレートヘアにうららかな笑顔は、学校案内のパンフを飾る優等生のようだ。私が結び終えるのをじっと待つ姿は顎《あご》を撫《な》でられた子猫みたいに無防備で、聡明な感じはあまりしないけど。

スマホをいじっていたノギちゃんが、そんな私たちを見て言う。

「真田はお母さんだねえ」

「お母さんじゃねえよ」

すかさず返した。ノギちゃんは物静かなタイプだが、人をカテゴライズするのが好きらしく、「真田は鬼畜だねえ」とか「真田は乙女だねえ」とかしょっちゅう言ってくる。鬼畜で乙女なお母さんってなんだよ。

スカーフを結び終えてポンと詩子の胸を叩《たた》いたとき、店員さんがやって来た。私たちはひとりずつメニュー表を回し、

「クリームあんみつ、ドリンクバーつきで」

「シチリア産オレンジシャーベット、ドリンクバーつきで」

「ミニ春巻き、ドリンクバーつきで」

さらりと注文を済ませた。

ぶっちゃけた話、食べ物はどうでもいいのだった。私たちの目的はドリンクバーだ。

このファミレスではドリンクバー単品三百四十円のところ、二百五十円以上のメニューと一緒に頼めば二百円に値引きされる。なので私たちは、いつも二百五十円から三百円くらいのなるべく安いメニューを選んで、コスパ優先のセットで頼む。私と詩子はデザート系を頼むことが多く、ノギちゃんはサラダやポテトなどのサイドメニューを頼むことが多い。冷静に考えるとドリンクバー単品を頼んだほうが確実に安く上がるのだが、それをやると人として負けた気がするのでまだ誰も挑戦はしない。

店員さんが去ってゆくと、私はさっそく席を立った。

「ノギちゃん何にする？」

「ダイエットコーラ」

あいよ、と応えて詩子と一緒にドリンクバーコーナーへ。

八種類のソフトドリンクが表示されたサーバーやら、コーヒーやら日替わりスープやらハーブティー的な何かやら、ドリンクバーが安っぽいなりに充実しているのがこの店唯一の長所といえる。セルフサービスのグラスを取り、氷を入れて、ソフトドリンクのサーバーへセット。今日はなんとなく舌が酸味を求めていたので、アセロラソーダを選んだ。次にノギちゃん用のコーラを注ぎ、ストローを二本取る。私がどくと、入れ替わりで詩子がグラスをセットし、いつものように下から二番目のボタンを押した。

振り返った詩子のグラスには、毒々しい緑色の液体が満ち、シュワシュワと泡立つ炭酸の中で氷が躍っていた。

「またメロンソーダかよ」

ドリンクバーに行くと必ずメロンソーダを飲んじゃう奴というのはこの世に一定数存在するが、そんなメロンソーダ信者の中でも詩子はかなりの上位ランカーである。何せ、ほかの飲み物を飲んでいる姿を見たことがない。

コーヒーにもスープにもその他ソフトドリンク各種にも目をくれず、ずーっとメロンソーダ一択。一杯目を飲み終えて二杯目、三杯目を飲むときも迷わずメロンソーダ。私たちが放課後このファミレスに入り浸るようになってもう五ヵ月近く経《た》つが、一週間あたりの利用日数を平均三日、一日あたりのドリンクバー消費量を平均五杯とすると、すでに三百杯近くのメロンソーダを飽きもせずに飲んでいる計算になる。リットル換算だと四十五リットルくらいか。詩子おそるべし。

私はメロンソーダって、あまり好きじゃない。特にドリンクバーのメロンソーダは。喫茶店の飲み物みたいにチェリーなんかが添えてあったらまだとっつきやすいのだけど、完全に飾りけのない緑色というのはあまりにも人工的すぎて、ＳＦ映画とかに出てくる怪しい薬品を連想してしまう。

「飲んでて気持ち悪くなったりしないか」

「なんで？　ぜんぜんならない」

「そのうち唇が緑になって初キスのとき困るぞ」

「そしたら真田がもらっておくれよ」

「うーん、ちょっと考える時間がほしいな」

　ぐだぐだ話しながら席に戻る。「なんの話？」と、ノギちゃん。

「いや詩子が今日もメロンソーダだから」

「飽きないねえ、詩子も」

「メロン味好きだもん」

「メロンの味しなくないか？」と、私。「かき氷のシロップと同じでさ。緑色だからメロンっぽく感じるだけだろ」

「そんなことないよ、メロン味するよ」

「まあどっちでもいいけど。たまにはほかの飲み物も開拓しろよ。ほら現文でもやったじゃん、精神的に向上心のない者は馬鹿だぞ」

「ああ」詩子は目を泳がせて、「中島敦《なかじまあつし》」

「うん。いや夏目漱石《なつめそうせき》な？　なしか合ってねえよ」

「じゃあ中島敦は何者」

「誰だっけ……詩人かな。汚れちまったなんとかの人」

「それ中原中也《なかはらちゅうや》」

ノギちゃんに訂正を入れられた。

私と詩子は小五からの腐れ縁だが、ノギちゃん（苗字《みょうじ》が乃木坂《のぎざか》なのでノギちゃん）とは今年のクラス替えで初めて仲よくなった。詩子以上にマイペースな性格で、大抵頬杖《ほおづえ》をついてスマホをいじりながら私と詩子の会話を聞いているのだが、ときどき思い出したように口を挟む。その大人びた物腰といい、ちょっと眠たげな表情といい、宴会の端っこでのんびりと酒を呑《の》む親戚のお兄さんみたいな雰囲気を醸《かも》し出している人である。そういえばかけている黒縁眼鏡もお兄さんっぽい。いや女子なのだけど。

私はストローをくわえてアセロラソーダを飲んだ。ノギちゃんも同じくコーラを一口。詩子はグラスに直接口をつけて、くぴくぴとメロンソーダを飲む。

「詩子、ストローは？」

「取ってくるの忘れた」

「ぼんやりした奴だな……。そんなんだから今日も先輩に怒られるんだぞ」

「怒られたの？」

「そうだよノギちゃん聞いてよ。草間《くさま》先輩っているんだよ、去年私と同じ委員だった。昼休みに購買でたまたま会ってさ、一緒に歩いてたら詩子が通りかかって、先輩にタメ口で話しかけやがんの」

「背え低かったから、一年かなあと」

「だからって間違えるなよ」

「てへ」

「かわいいなこの野郎。かわいくすんな」

「真田は硬派だねえ」

「硬派じゃねえよ。硬派だったらこんなとこで青春を浪費してねえよ」

自分で言ってて悲しくなった。私たちの時間はこの寂れたファミレスの中で、ソーダから炭酸が抜けるようにゆるゆるだらだらと進んでいく。中原中也の（いや夏目漱石か。ごっちゃになってきた）言い方を借りれば精神的に向上心がない。

けれど今日は、いつもと違って少しだけクリエイチブな話題があるのだった。

「まあ御託《ごたく》は置いといて、さっさと始めるか」

もう一口アセロラソーダを飲むと、私はバッグからクリアファイルを取り出した。

「えー、ではこれより、第一回クラT会議を始めます」

「二回目もあるの？」

「いやないけど。なんかノリで」

「お～」

ぱちぱちと拍手する詩子。スマホをしまって私のほうを向くノギちゃん。私はクリアファイルをテーブルの上に置く。一番上に挟まったチラシには、〈クラT通販〉と書いてあった。

クラTとは「クラスTシャツ」の略だ。その名のとおり、クラスとか部活とかのグループ単位で作るTシャツのこと。来月行われる学園祭で、どのクラスもオリジナルのクラTを作ってユニフォーム代わりに着るのである。もちろん単にクラス名を表記するだけではテンションだだ下がりなので、イラストを入れたりメッセージを入れたりと多少凝《こ》ったものにする必要がある。

そのデザインと発注という極めて面倒くさい仕事を、暇そうにしていた私たち三人が押しつけられたのだった。ちなみに私たちのクラスの出し物は「アニマルカフェ」というひねりのない模擬店である。自分がネコ耳やら尻尾《しっぽ》やらをつけた姿を想像すると身の毛がよだつが、詩子やノギちゃんのコスプレは少し見てみたい気もする。

「デザイン案、集まったの？」とノギちゃん。

「クラス内で募集したところ二通だけ来ました。石川《いしかわ》さんから」

「殺人的に少ないね」

「うん……。だから、私もひとつ考えてきた。その二つの中から選ぼうと思います」

「二択か」と、詩子。「天の神様のゆとり教育で決めよう」

「神頼みすんな。えーと、とりあえず見て。はいまずA案。石川さんのデザイン」

ファイルから紙を一枚出す。前側と背中側、二つのTシャツの形がプリントされたデザイン用紙に、サインペンでイラストが描いてあった。

Tシャツ自体のカラーはクリーム色で、前側には恵比須《えびす》様のような顔をした茶色い鹿《しか》のキャラクター。二頭身のネクタイを締めた鹿だ。その横に〈席につけえい〉という吹き出し。上には〈2年4組〉の文字。

「松《ま》っちゃん鹿だ」

詩子が言った。我らが担任・松崎《まつざき》先生がよく黒板の端や採点したテストに描く似顔絵である。松崎先生は奈良の出身で、別にそのせいではないと思うが実際鹿によく似ている。「席につけえい」も彼の口癖だ。

「さすが人気者の石川、ツボついてる」と、ノギちゃん。「背中側は?」

「あだ名の羅列」

私はノギちゃんのほうに紙を差し出した。クラTは、デザインのどこかにクラス全員の名前を入れるのがなかば約束事のようになっている。が、本名だと単なる出席簿になってしまうのであだ名を表記することが多い。石川さんもその例に漏れず、四十人分のあだ名をローマ字で並べていた。もちろん私たちの名前もあった。私はそのまま〈SANADA〉、詩子は〈UTAKO〉、ノギちゃんは〈NOGI-CHAN〉。ちゃんまでローマ字表記だとちょっと間抜けな字面だ。

「まあ、いいんじゃない。妥当って感じで」

ノギちゃんはあまり乗り気じゃなさそうだった。そうなんだよなあ、と私も同意する。

「ありがちすぎて、なんか面白みに欠けるんだよ。私もそこがちょい不満で」

「真田の案は？」

「あ、うん。はいこれ。B案」

私は自作のもう一枚を出し、A案の隣に並べた。

私の案は石川さんのに比べていくらか抽象的である。Tシャツの色は緑。前側はペイズリー模様を真似《まね》たような赤い葉っぱを重ね、遠目から見ると鬱蒼《うっそう》としたジャングルに見えるようなデザインに仕立てた。アニマルカフェにひっかけたのだ。背中側はシンプルに〈2－4〉とロゴっぽい文字だけを入れ、クラス全員のあだ名は前面の葉の中に織り交ぜるように、赤いローマ字で書き込んであった。

「あー、こっちのほうがいいな」ノギちゃんの声が弾んだ。「学祭終わっても普通に着れそう」

「そ、そう？　そう言ってもらえると嬉《うれ》しいけど」

予想以上の好感触で、少し照れた。

学園祭のクラTって、担任の似顔絵を入れたり流行《はや》りの芸人のパロディを入れたり、どうしても身内ネタに走ったものやウケを狙ったものが多くなる。それはそれで面白いのだけど、どこもかしこもそんなデザインだと食傷気味に感じるのだった。観光地の土産屋《みやげや》じゃないんだぞ、そんなに変なTシャツばかり作ってどうする。家に持ち帰っても二度と着れないぞ。クローゼットにしまっておくのか。十年後くらいにひっぱり出してあ〜懐かしい〜とか言う気か。せっかくお金かけて作るのに、それってなんだか寂しくないか。

去年の学祭のとき、窓の下を行き来する生徒たちを眺めながら、そんなことを詩子と話した。もし自分がクラTを作る機会があったら、身内も笑いもとっぱらってアートっぽいデザイン案を出してやると内心決めていたのだ。一年越しでその機会が来るとは思っていなかったけど。

「真田、何げに絵がうまいよね」と、ノギちゃん。

「中学のとき美術部だったから」

「そうなの？　初耳」

「あー、確かに初めて言ったかも」

私たちは毎日のようにファミレスで喋《しゃべ》っているが、無駄話ばかり交わしているので意外と基本的な情報が抜け落ちていたりする。

「とりあえず、この二つのうちのどっちかにしようと思うんだけど。A案とB案、どっちがいい？」

「B案」ノギちゃんは即断した。「真田の描いたほう」

「詩子は？」

私は隣の詩子に尋ねる。

それまでじっと私のデザインを見つめていた詩子は、唇をもごもご動かしてから、小声で答えた。

「A案のほうがいい」

メロンソーダのグラスの中で、氷にパキリと亀裂が入った。

2

「なんで」

気がつくと、そんな言葉が口をついていた。

「なんでって……」

詩子は何か言いかけ、結局何も続けなかった。私も黙り込み、テーブルに広げた二枚のデザインに目を落とす。探るように私たちを観察するノギちゃんの視線を感じた。

店員さんがやって来て、クリームあんみつとシャーベットとミニ春巻きをテーブルに並べていった。私たちはスプーンや箸《はし》を取り、沈黙の言い訳をするように各々《おのおの》の料理を食べた。私のはシチリア産オレンジシャーベット。でっかいお皿にちょこんと載った、つけ合わせのポテトサラダみたいな小山をすくい、口に運ぶ。もう何度も食べているはずなのに、今日のシャーベットは味けなく感じた。

詩子はA案を選んだ。

もちろん私は自分のアイデアが並外れていいとは思っていないし、石川さんの松っちゃん鹿も普通に面白いし、何を選ぶかは詩子の自由だけれど。

でも、私と詩子は小学校からのつきあいで。去年の学祭でも私の意見に賛成してくれて。

今日も私のデザインをほめてくれると、心のどこかで期待していたのに。

小さな裏切りに、ちくちくと心臓の裏側を刺されるようだった。カタン、という音で我に返る。詩子がスプーンをテーブルの上に落としたのだ。クリームの雫《しずく》を紙ナプキンで拭《ぬぐ》う詩子自身も、なぜか私と同じように動揺して見えた。

「……詩子は、A案派なわけね」

確認を取ると、詩子は曖昧《あいまい》なうなずきを返した。

「わかった」それならそれでいい。「でも、やっぱ私はB案のほうでいきたいな。ノギちゃんもB案がいいって言ってるし、二対一で……」

「ごめん真田」ふいにノギちゃんが手を上げた。「あたしB案やめるわ」

え!?　と、先ほどにも増して素《す》っ頓狂《とんきょう》な声が出てしまった。

「な、なんで？　さっきB案がいいって言ったじゃん」

「言ったけど、ちょっと気が変わった」

「気が変わったってそんな急に……え、A案にするの？」

「いやそうでもなくて。保留」

「ほりゅう？　なんだよノギちゃん、何がしたいんだよ」

「『十二人の怒れる男』って映画でさ」

「へ？」

「昔の白黒のね、陪審員が裁判の評決を出す話なんだけど。ヘンリー・フォンダが主演でさ。みんなが有罪に投票する中でフォンダがひとりだけ無罪に手を上げるんだよ。それで『おまえ何がしたいんだ』ってほかの陪審員から聞かれると、短くこう答えんの」

ノギちゃんは肩をすくめ、やたらとネイティブな発音で言った。

「話し合い《トーク》」

「……な、なんだよそれ」

やめてよノギちゃん、いまはふざけるとこじゃないよ。

でも、どうやら彼女は本気らしかった。ノギちゃんは頬杖をついたまま、口の端にストローをくわえてコーラを飲む。どことなくキザなその姿は確かに白黒映画の俳優めいていた。詩子を見やるとやはり戸惑った様子で、スプーンの先であんみつをつつき回している。

「ほら議長、どうする？」ノギちゃんは私に追い打ちをかける。「A案一票。B案一票。保留が一票。議論しなきゃ決まんないよ」

「わ、わかったよ」

しぶしぶ認めた。確かに詩子の意見を押さえつけ、一方的に決めてしまうのでは私も寝覚めが悪い。

アセロラソーダを一口飲んで、仕切り直す。

「えーと、じゃあ軽く話し合って決めよう。何かこう、意見とかある人」

「…………」

「ないのかよ！」

「詩子はさ、なんでA案がいいと思ったわけ？」

ミニ春巻きをかじりながら、ノギちゃんが話題を戻した。

「真田のデザインは……その、わかりづらいような」

「ああ、わかる」

「わかるならわかりづらくないだろ」

「いやそういう意味のわからなくて、わからないのがわかるってこと」

「え？　だめだわからん」

「要するに、真田のは奇を衒《てら》いすぎみたいな話。松っちゃん鹿のほうがわかりやすいし、ほかのクラスからのウケも狙える」

「そりゃ笑えはするだろうけどさ。鹿は単なる身内ノリじゃん」

「身内ノリでもいいじゃん。だって学祭だよ？　身内ノリに始まって身内ノリに終わる身内のためのイベントだよ」

「だ、だからこそやなんだよ。どこもかしこも身内ノリだったらつまんないじゃん」

「真田は十代だねえ」

「十代じゃねえよ。いや十代だけど！」

ノギちゃんの「十代」にはたぶん反抗期とか背伸びしたがりとかそのへんのニュアンスが含まれていて、それはたぶんちょっと当たっていて、だからこそ私はムキになった。右を向き、詩子に同意を求める。

「詩子もそう思うでしょ？　去年の学祭のとき一緒に話したじゃん。なんかどこのクラTも似たり寄ったりだなあって」

「それは、思ったけど……」

また口ごもり、言葉を濁す詩子。

「なんだよ。はっきり言えよ」

語気が荒くなったところをノギちゃんに止められた。

「まあまあ」

話し合いをするとは言ったものの、やっぱり私たちはこういうのが苦手だ。議論が平行線で進まないというか、そもそも線が引けてないというか。とにかく私は自分の意見を曲げたくないし、詩子も退《ひ》く気はないらしい。

こういうとき一番いいのは、

「よし。折衷《せっちゅう》案だ」

私は両手をポンと打ち、自分のデザインの右下あたりを指さした。

「ベースはB案のままで、松っちゃん鹿をこのへんに描き足すってのでどう？　ジャングルと動物だから違和感はないっしょ」

「ジャングルに鹿はいないんじゃない？」

「そこはいいだろ別に！」ノギちゃんはどっちの味方なんだ。「どう詩子、これならよくない？　ある程度ウケも狙えるし」

「………」

これで決着がつくと思ったのに、詩子は首を縦に振らなかった。代わりにグラスに手を伸ばし、メロンソーダをごくごくと飲む。薬のように毒々しい緑色が、詩子の中に吸い込まれていく。

いやな発想が、頭の隅に飛来した。

なぜA案がいいのかと聞かれたとき、詩子は私のデザインがわかりづらいと答えた。A案の肯定理由を聞かれたのに、私のデザインの否定理由を答えた。ひょっとすると詩子は、石川さんの松っちゃん鹿を特にいいとは思っていないのかもしれない。

ただ、私のデザインが嫌いなだけなのかも。

「……なんでだよ」

さっきと同じような台詞《せりふ》が、また口をついた。それは詩子への問いかけというより、私自身やこの状況すべてに対する「なんでだよ」だった。

なんでこんなことになってるんだ。詩子と私で、意見が食い違うことなんてないと思っていた。クラT会議なんてすぐに終わって、いつものだらけた時間に戻れると思っていた。それなのに、なんで。

わだかまりをぶつけるように、私もアセロラソーダを飲みほした。ずずずずっ、と下品な音が鳴るまでストローを思いきり吸った。ノギちゃんのダイエットコーラもいつの間にか空になっている。

「なくなっちゃったね」

ノギちゃんは両手で器用に三つのグラスを持ち、立ち上がった。

「おかわり取ってくる。真田は何がいい？」

「……なんでもいい」

「じゃあ同じやつね。詩子は？」

詩子はノギちゃんにも私にも目を向けず、テーブルの二枚のデザイン案に視線を落としたまま、予想どおりの答えを返した。

「メロンソーダ」

3

いつもなら二人きりでも間《ま》が持つのに、今日の私と詩子は糸が切れたように会話が続かない。

オレンジとアセロラで酸っぱい系がかぶってしまったなあなどと、わざとどうでもいいことを考えながらシャーベットを口に運ぶ。詩子も黙々とあんみつを食べ続ける。皿の隅には求肥《ぎゅうひ》が残されていた。嫌いなのではなく、好きなので一番最後に取ってあるのだ。

求肥をメインディッシュに残しておく習慣も、二杯目のメロンソーダを頼んだところも、いつもと同じ詩子。ただ、私に対する態度だけがいつもと違う。ルーティーンの中から私だけが外れてしまったかのようなどうしようもない疎外感があった。胃の奥が冷たくなる。ノギちゃんみたいにあったかいものを注文しておけばよかったと、またわざとらしく考える。

　残り二口くらいになったところで、ふとシャーベットを頼んだ理由を思い出した。そうだ、そもそも詩子にあげるつもりだったのだ。

「……これ」

　ぶっきらぼうに皿を差し出す。詩子は二度まばたきしてから「ありがと」と言って、溶けかけたシャーベットをすくった。それから自分の皿を見やり、

「ごめん。あんみつほとんど食べちゃった。……いる？」

「いいよ別に」

「そっか」

　詩子はシャーベットを口に運ぶ。あまりおいしそうな顔ではなかった。それを飲み込んでから、また「ごめん」と小声でつぶやく。

「いいって。求肥あんまり好きじゃないし」

「そうじゃなくて。話が、こじれちゃったから」

「別に詩子がこじらせたわけじゃ」

　どっちかというと犯人はノギちゃんだ。

ソファーの背もたれに頭を預ける。くるくると回るファンの、いまにも止まってしまいそうな動きを見上げる。

「私のデザイン、だめかな」

「そんなことない」意外なほど素早い否定だった。「真田の絵は好き」

「じゃあどうして」

「………」

詩子はやっぱり答えずに、長い髪の毛先をいじった。唇をちょっとすぼめて、拗《す》ねているような、言い渋っているような、私に見せたことのない表情だった。

とりあえず、わかったことがひとつ。詩子は私のデザインが気に入らないわけではないらしい。だが、それならなぜ石川さんの案を採用したがるのだろうか。

石川さんの——

ふと、思い当たる。

ノギちゃんも言っていたように、石川さんは人望の厚い女子だ。彼女のアイデアを勝手に破棄してほかの案を通したら、クラス内における私たちの居心地は少々悪くなるかもしれない。石川さんは圧政者タイプではないので、私もノギちゃんもそんな事態は危《き》惧《ぐ》していなかったけど、まあ可能性としては確かにありえる。

詩子はそれを避けるために、石川さんの案を選ぼうとしてる？

理由としては納得できる、けれど。

建前や周囲とは無縁に我が道を進み、のほほんと生きる。私の知っている詩子はそんな詩子だ。小学生のころからずっとそうだった。小六のクリスマス会ではずっとつまらなそうにしていて、私が理由を聞くと「シャンメリーのないクリスマスなんて」と謎の答えを返してきた。中学の写生の授業で啄木町《たくぼくちょう》の公園に行ったときは、みんなが自然の風景を描く中「この模様がいかす」と言ってひとりだけマンホールを模写していた。その愛すべき呑気者《のんき》が、クラス内の人間関係を気にすることなんてあるのだろうか。

「お待たせ」

ノギちゃんが、小さなトレーを持って戻ってきた。トレーの上にはグラスが三つ。アセロラソーダと、カルピスウォーターと、メロンソーダ。

私の前にはアセロラソーダが置かれ、詩子の前にはメロンソーダが置かれた。ノギちゃんは配給のついでに、詩子に細長い小袋を差し出す。

「ストロー取ってきたけど。使わない？」

「いらない。今日はストローの気分じゃないから」

どんな気分だよ。

やっぱり詩子の言動は謎だ。A案にこだわってるのもただの気まぐれなのではと思えてくる。

ノギちゃんはソファーに座り、カルピスを一口飲み、さっきと同じように頬杖をついた。眼鏡の奥の大人びた目が詩子を見つめていた。詩子はごくごくとノーストローでメロンソーダを飲む。一口で三分の一くらいが減ってしまう。

グラスを置くと、詩子はわずかに間を置いて、

「やっぱりわたし、真田のデザインでいい」

真剣な口調で言った。え、と私はまた声を上げた。

「クラT。B案でいい。B案がいい」

「な、なんだよ急に」

「気が変わったの。ノギちゃんと同じ」

「近代史の総理かおまえらは。変わりすぎだよ。ついてけないよ！」

「いいじゃん別に。真田もそれなら満足でしょ？　B案に二票で、これで決定でいいよ。そうしよ。やめようよこんな話。つまんないよ。いつもみたいに、もっとどうでもいいこと……」

「ヘンリー・フォンダは、それじゃ納得しないだろうね」ノギちゃんが言った。「真田もね」

「そ、そうそう」ヘンリーが誰かは知らんけど。「そんな投げやりに賛成されても、私だって困るって」

「終わらせたいなら、ちゃんと最後まで話しな」

「………」

詩子は先ほどと同じように唇を結んだ。メロンソーダのグラスを握る手が、怯《おび》えた子どものようにほんの少しだけ震えているのに気づいた。詩子、大丈夫？　私の中に不安が芽生える。肩に触れようと手を伸ばす。

だが、それより先に詩子が立ち上がった。

「ちょ、どこ行くんだよ」

「お手洗い」

呼び止める暇もなく、詩子はトイレの表示板がある廊下に入っていく。逃げるような足取りだった。

私は追いかけようかどうか一瞬迷い、結局テーブルに突っ伏した。ノギちゃんは頬杖をついたままいつものようにスマホをいじっている。突っ伏したまま、そちらに顔を向ける。

「ノギちゃん、私もうだめだ。何がなんだかわかんない」

「〇・二パーセント」

「え？」

「真田はさ、〇・二パーセントって多いと思う？　少ないと思う？」

突然なんの話だ。ノギちゃんのこともよくわかんないなあ、と思いつつ私は考える。

「〇・二は、そりゃ少ないだろ。小数点以下なんだから」

「そうかな。五百分の一だよ。五百人にひとり。うちの学校生徒数千人だから、二人は必ずいるってことだよ。それって、そんなに少ないかな」

「……や、待って。ほんとになんの話？」

ノギちゃんは答えずに、なぜかアセロラソーダのグラスを手に取り、私の鼻先に突き出した。

「飲んで」

「う、うん」

私はストローをくわえ、ごくごくと水分補給する。三口分くらい飲んだところで「ストップ」と、突然グラスを引っ込められた。

グラスは私の前に戻されるのではなく、テーブルの端に置かれた。続いてノギちゃんはストローの袋を破る。先ほど詩子が「いらない」と言ったものだ。そのストローをメロンソーダのグラスにさし、私のグラスの隣に並べる。

「なにしてんの」

「いいから。見てて」

見ててって何を。飲み物を？　わけもわからず、並んだ二つのグラスを見やる。ストローがさされ、同じ数の氷が浮かび、同じくらい炭酸が抜け、同じくらい量が減ったアセロラソーダとメロンソーダ。

しばらくすると詩子が戻ってきた。

詩子は私の隣に座ろうとして、テーブルの端に並んだグラスに気づき、はっと体を凍りつかせた。右手がグラスに向けて伸ばされ、でもすぐに引っ込んで、すがりつくように青いスカーフの端を握り込む。唇がわななき、瞳が左右に動く。

その目の端から、涙がにじんだ。

「ごめんね」ノギちゃんが立ち上がり、詩子の頭を撫でた。「試すような真似して。確信持てなかったから」

「…………」

「メロンソーダも、ちゃんとメロンの味するよね」

優しく語りかける。詩子は肩を縮めたままじっと固まっていた。ノギちゃんの手で前髪が押しつけられ、目元は見えない。固まっているのは私も同じだった。

「どういうこと」

呆然《ぼうぜん》として尋ねると、ノギちゃんは私のほうを振り向いた。

「詩子は、色が見えないんだよ」

4

「へえ、いまは色盲じゃなくて色覚異常っていうんだ」

ノギちゃんがスマホの画面を読み上げた。知らないことはすぐに検索、迷いなきその姿はすがすがしいほど現代っ子である。

「見えないっていうより見え方が違うだけなんだね。そりゃそうか。ふうん、昔は学校の健康診断で検査してたのにクレームとかが来てやめちゃった時期があるんだって。最近また再開したけど。ずっとしとけばいいのにねえ。詩子はどこで検査したの」

「病院。小二のときに」

詩子は開き直ったのか、いつもの明るさを取り戻している。私は自分のスマホをカメラモードにし、つい二分前にインストールした、色覚異常者と同じ景色が見えるという無料アプリを試しているところだった。画面の中に映ったメロンソーダとアセロラソーダは、枯葉《かれは》みたいに黄色くくすんだそっくり同じ色をしていた。

「確かに、こりゃ区別つかないな」

ここ数分の間に、自分で調べたりノギちゃんの独り言を聞いたり詩子から話してもらったりして、学んだことがいくつか。

先天色覚異常。

色を感じる錐体《すいたい》の異常などが原因で、その名のとおり色の見え方がほかと異なってしまう状態のこと。存在する割合は、女子の場合だとさっきノギちゃんが言ったように五百人にひとりくらい。男子の場合はもっと多くて、二十人にひとりくらい。一クラスにひとりはいると考えるとすごい数だ。識別しにくい色や程度によっていろいろと分類があり、詩子は特に多い二型二色覚というやつらしい。

色の見え方には個人差があり、一概には言えないけど、一般的に二色覚の人は赤や緑の色の見え方が私たちと違う。そして赤と緑の二つが並ぶと、二つがそっくり同じ色に見えて、色の見分けがつかなくなる。

要するに、

「A案にこだわった理由は、このせいか」

私はスマホを自分のデザイン案に向けた。緑の背景に赤で描かれたペイズリー模様。カメラの中だと二つの色は灰色にしか映らず、模様の境界は目を凝らさないとわからなかった。詩子にとっても同じように見えたのだろう。

「せっかくの学祭だもんね。クラTがのっぺりした無地に見えたら、そりゃいやだよねえ」

しみじみ言うノギちゃん。彼女が詩子に「なんでA案がいいの」と聞いたときの「真田のデザインはわかりづらいような」という答えは、めちゃくちゃ的を射ていたわけだ。

「それならそうと早く教えてくれよ」

「だってさあ。なんか、いまさら言いづらくて」

「真田が中学で美術部だったってのと同じか」

……確かに毎日のように仲よくして、毎日のように無駄話を続けていると、大事な話はどんどん奥に追いやられる。買ったきり忘れたアイスみたいに、気づいたころにはカチカチに凍りついていたりする。なので、詩子が言いださなかったことに関しては別に不満はない。

私が抱いた不満は、私自身に対するものである。

今日一日だけでも、詩子の目に気づくための手がかりはたくさんあった。昼休み、赤い、、、スカーフをつけた三年生を緑の、、、スカーフの一年生と見間違えた詩子。私が赤いアセロラソーダを選んだのを見て、自分の緑色のメロンソーダと区別をつけるために、ストローをわざと取らなかった詩子。そして何より、私のデザイン案にかたくなに反対した詩子。

ノギちゃんはそれらの違和感を機敏に察知して、色覚異常の仮説を立てた。私たちが議論している合間にスマホで色覚異常のことを調べ、とどめのアセロラソーダとメロンソーダを並べた実験で確証を得た。

でも、私はずっと鈍感で。ノギちゃんの何倍も長く、六年以上も詩子と一緒にいたのに、何も気づかなかった。

一度わかってしまえば、思い当たる点は多々あるのだ。小六のクリスマス会、詩子は赤と緑のクリスマスカラーがいやでつまらなそうな顔をしていた。中学の写生の授業。詩子は緑色に囲まれた自然が描けず、しかたなくマンホールを描いた。詩子は詩子なりに苦労を重ねていたのに、私はマイペースな奴なのだと決めつけていた。メロンソーダは緑色をしてるだけでメロンの味なんてしないと、見放すように言ってしまった。

「穴があったら埋まりたい……」

入りたいでは物足りず、オリジナル慣用句とともに私は頭を抱えた。

「真田は別に悪くないって」

肩に、詩子の手の感触。詩子からフォローされるなんて新鮮な感覚だったけれど、本当の彼女はこんなふうに気のつくタイプなのかもしれない。

……ひょっとして。

詩子が土壇場まで自分の目のことを言いだせなかったのは、私に遠慮したせいではないか？

いまさら色覚異常をばらしたら、赤と緑のデザイン案を作ってきた真田を落ち込ませてしまうから。だから——

私は詩子を見やり、デザイン案を見やり、テーブルの下で無意味に足をバタバタさせた。ふがいないやらありがたいやら、天井で回るファンみたいに感情が渦巻く。火照《ほて》った頰を冷やそうとアセロラソーダを飲んだ。酸っぱくて、軽くむせた。

「詩子」ふいに、ノギちゃんが言った。「スカーフまたほどけてる」

詩子は自分の胸元を見下ろし、「ほんとだ」と一言。さっき右手で強く握ったせいだろう、結び目がまた崩れている。

「真田、結んで～」

「な、なんでだよ。自分で結べよ」

「わたし、鏡見ないとうまくできないもん」

「………」

詩子の子どもっぽさがすべて誤解だったかというと、そういうわけでもないらしい。

私はため息をつき、詩子をこちらに向かせた。左右対称になるよう、時間をかけて青色のスカーフを結び直す。それを待つ間、詩子は嬉しそうに私と目を合わせていた。降り注ぐその笑顔は春の陽気みたいに柔らかくて、むしょうに抱きつきたい衝動に駆られたが、ノギちゃんがにまにましながらこちらを見ていたので自制する。

「で？」と、ノギちゃん。「クラTはどうすんの」

「ああそうだ、忘れてた」

といっても、解決策はもう見えている。要するに赤と緑の組み合わせが問題なんだから、私のデザインの色遣いを変えればいい。

「赤は野生をイメージしてたんだけど……まあ寒色でもクールでいいかな。詩子、ブルー系は大丈夫？」

「うん。青は一番綺麗《きれい》に見える」

「じゃあ葉っぱの模様を青に塗り直す感じで……」

ペンケースからサインペンを取り出し、デザイン案に書き込みを加えようとした私の手が、寸前で止まった。

別のアイデアを思いついたのだ。

「やっぱり、赤と緑はこのままで行こう」

「え」と、ちょっと眉をひそめる詩子。

「その代わり、こうする」

私は修正液を使って前側のデザインの一部を消し、青いサインペンでちょっとした修正を加えた。詩子とノギちゃんがそれを覗《のぞ》き込み、二人同時に「あ」と声を出した。

ペイズリー模様の葉に紛れて、赤いローマ字で書かれた四十人分のあだ名。

その中の三つだけが、青色に変わっていた。

〈SANADA〉
〈UTAKO〉
〈NOGI-CHAN〉

私たちはお互いの顔を見やり、誰からともなくいたずらっ子のように笑い合う。

「真田はアーティストだねえ」

「大丈夫かな、これ。ほかのみんなに怒られないかな」

「クラT係は私たちなんだぞ。これくらいの茶目っけは許されるだろ」

私はペンケースをしまい、こほんと咳払《せきばら》いをひとつ。

「じゃあ、決取ろう。私は修正版のB案がいいと思うんだけど」

「あたしも賛成」と、ノギちゃん。

「わたしも」と、詩子。「真田のでいい。真田のがいい」

「よし。全員一致で可決」木槌《きづち》を打つ代わりに、テーブルをポンと叩いた。「どうだノギちゃん、これならチャーリーも納得だろ」

「ヘンリーね。ヘンリー・フォンダ」

「そうだっけ？　じゃあチャーリーは何者」

「チョコレート工場じゃない？」と、詩子。「あ、チョコ食べたい」

「あんみつ食べたばっかだろ、太るぞ。メロンソーダも二杯目だし」

「メロンソーダは別腹だから」

「おまえの場合それはありえるかもしれない……」

現在進行形でメロンソーダを飲む詩子を見て、私はあきれたように笑う。

「詩子」もうひとつ、気まぐれを起こした。「一口ちょうだい」

「あれ？　真田、メロンソーダ嫌いじゃなかった？」

「いいから。一口」

「……じゃ、シャーベットのお礼」

私は詩子からグラスを受け取る。人工的な濃い緑色とストローの吸い口をちょっと眺めてから、目をつぶり、そっと口をつけて飲んだ。

久しぶりに飲むメロンソーダは、確かにメロンの味がした。

夢の国には観覧車がない

1/4

その密室は、生乾きのタッパーみたいなにおいがした。

外側はオレンジ色だったが内部の塗装は安っぽい白。広さはトイレの個室を押し広げた程度しかなく、カーブした天井にいまにも頭がこすれそうだ。四方の窓ガラスはどれも年季が入ってくすんでいる。左右に二人がけの座席がひとつずつあり、先に乗り込んだ伊鳥《いとり》は右側に陣取っていた。

ってらっしゃいませー。ガチャリ。唯一の出入口が背後で閉ざされる。一度鍵がかかると中から開けることはできないようだ。仮に開けられたとしても逃げ場はない。なぜなら俺はジャッキー・チェンじゃないから。

スニーカーの靴底を通して微細な振動が伝わる。密室は俺たちが乗り込む間も、その次の客を降ろす間も、休むことなく動き続けている。意識しないとわからないくらいのスローペースで。

「これって何分で一周するんだ」

「二十二分です」

伊鳥が答えた。思ったよりもずっと長いな。観念して左側の座席に座る。プラスチックの椅子はかなり硬くて、二十二分あれば確実に尻が痛くなりそうだった。

窓の向こうには秋晴れの空。真正面には私服姿の小柄な男子。

無意識のうちに、疲労が口から逃げていく。

「ため息つかないでくださいよ。テンション下がるなあ」

「俺は最初から下がりきってるよ」

「無理して乗ることなかったのに」

「おまえが乗ろうって言いだしたんだろうが」

「だってフリーパスもったいないし、ソレイユランド来たらこれは外せないし。寺脇《てらわき》先輩だって一回は乗るつもりだったでしょ」

「おまえと乗るつもりはなかったよ。どうせならかっ」

葛城《かつらぎ》と乗りたかった、と。

つい言ってしまいそうになりとっさに口をつぐんだ。伊鳥が首をかしげる。喉《のど》の奥が焼けつくように渇いた。

「か？」

「……勝手におまえだけ乗らせて、俺は待ってりゃよかった。ベンチでたこ焼きでも食いながら」

「そういう機会は、結婚してパパになるまで取っとくべきですね」

妻子とともにレジャーを楽しむ自分の姿は想像できなかった。この後輩が放つ冗談は高校生の身の丈に合ってなくて、いつも微妙にとっつきにくい。

「おー、見えてきた見えてきた」

伊鳥は出入口側に顔を寄せる。刻々とせり上がるゴンドラは太い支柱の横を通り過ぎ、窓の向こうに施設の全景を映しつつあった。

右手に見えるのは回転ブランコ。のたくるコースターのレール。メリーゴーラウンドの円《まる》い屋根。幼児向けアトラクションがそろったキッズエリアでは小さな汽車が走っている。左手に目をやればゾンビの看板とゴーカートのコース、ドクロを掲げて客を絶賛振り回し中のバイキング。海沿いのウォーターライドではゴムボートが水しぶきを上げていて、わーとかきゃーといった歓声がゴンドラの中まで聞こえてきた。

幕張《まくはり》ソレイユランド。

千葉県立幕張海浜公園に併設された遊園地である。目玉は三回転のジェットコースターとウォーターライド、そして直径一〇七メートルの大観覧車。ソレイユはフランス語で太陽を意味する単語だそうで、マスコットのソレイユくんも太陽がモチーフになっているが、地元の中高生からはよく〈それなりランド〉と呼ばれていた。

よくも悪くもそれなりの規模、それなりの値段で、それなりのアトラクションをそれなりに楽しめるから。ほめているのかけなしているのかわからないが、世界的人気を誇る浦安《うらやす》は舞浜《まいはま》の某テーマパークに蹴《け》散らされることなく経営が続いているということは、やはりそれなりの人気があるのだろう。

俺がそれなりランドに来るのは四回目で、約三年ぶり。前回は中学の卒業記念だった。今回は高校の部活の引退記念だ。引退っていってもフォークソング部なので大会とかで負けたわけじゃない。だらだらやってるうちになんとなく三年の秋になり、じゃあそろそろって感じで追い出し会が企画され、一、二年を含む部員全員で遊びにきた。

なんともゆるい別れ方だが、三年は部活をやめたら受験勉強に打ち込むだけなので、やっぱりちょっと寂しいものがある。俺にとってはこの遊園地こそが青春最後の一大イベント。仲間と笑い合い、ふざけ合い、今日という日の思い出は高校生活の集大成として心の卒業アルバムに刻まれる、はずだった。

なのにいま、俺は伊鳥と二人で観覧車に乗っている。

「ほかのみんなは何やってんのかな」

独り言のつもりで言った。伊鳥は景色を眺めつつ「さあ」と返す。

「成田《なりた》先輩たちは絶叫系制覇するって言ってましたね。井筒《いづつ》先輩と藤《ふじ》先輩はウォーターライドで、隅田《すみだ》たちはスリラーハウス行きたがってたかな。葛城は」

俺の反応をうかがうように間《ま》を置いて、

「ベンチで休憩中かも」

「……たこ焼きでも食ってそうか？」

「いや、アイスクリームですね。やたら大きなカップのやつ」

やっぱりこいつの冗談はとっつきにくい。

俺は肩をすくめ、ポケットからスマホを出した。仲のいい成田に〈いまどこ？〉とLINEを送るつもりだった。うまくいけば合流できるかもしれない。だが観覧車の中は電波が悪いらしく、Wi-Fiは息をしていなかった。ソフトバンクまでが俺の青春をぶち壊しにかかっている。

「あのさあ伊鳥、自由行動にしないで全員で回ったほうがよかったんじゃねえの」

「幹事の立場から言わせてもらうと、十四人で遊園地を回るってのはちょっと無茶ですよ」

後輩は冷静に言い、それから口元を緩め、

「まあぼくと先輩があぶれるとは予想外でしたが」

「予想外も何もおまえのせいだろ。おまえがお土産《みやげ》買うの待ってやってたらみんな先に行っちゃったんじゃねえか」

ぴぴぴ〜。ノリのよいリズムを奏で、伊鳥はごまかすように視線をそらした。〈夜の本気ダンス〉の新譜だった。口笛が上手《うま》いところが逆にムカつく。

まあ、いまさら後悔したところでどうしようもないか。

左の窓に寄り、徐々に広がる東京湾を眺める。遠くからだと青色が濃い。波も立っておらず水面はどこまでものっぺりしている。海というより、群青《ぐんじょう》色のどでかいタイルを眺めている感覚。

「先輩」と、伊鳥。「怒ってます？」

「別に怒ってはないけどさ」

「怒ってそうに見えます」

「見えるだけだよ」

相手の様子をうかがう。子どもっぽい無邪気な顔と、口元の微笑。

「おまえは楽しそうに見えるな」

「見えるだけです」茶化すように言われた。「心の中は不安でいっぱいですよ」

不安？　何に対する不安だ。

俺か？

伊鳥と俺は部活こそ同じだが、学年もひとつ違うし家の方向も離れているしで、特に深い間柄とは言いがたい。こうして二人きりで話すのはひょっとすると初めてかもしれなかった。伊鳥は伊鳥なりに気まずさを味わっているのだろうか。それはこっちも同じなんだが。ていうか観覧車に誘ってきたのはそもそも向こうなんだが。

やっぱり、たこ焼き食いながら待ってればよかったかなあ。

伊鳥はそれきり黙り込み、俺も東京湾をにらみ続けた。気の利いた観覧車だと「どこそこに○○が見えます」というアナウンスが入ったりもするが、それなりランドにそんな予算があるはずもなく、ゴンドラ内を沈黙が包む。

音楽でも聴こうかとバッグからイヤホンをひっぱり出しかけたが、コードが絡まり合っていて出鼻をくじかれた。それにスマホに頼って時間をやり過ごすのは、なんだか後輩に負けを認めるような気がした。

伊鳥から景色へ、景色から伊鳥へと意識を移ろわせる。そのうち、脇《わき》に置かれた紙袋が目についた。ソレイユランドのロゴが入っている。

「何買ったんだよ」

「え？」

「お土産。買ったんだろ。見せてくれよ」

伊鳥は戸惑うような素振りをしてから、紙袋を持って立ち上がった。ゴンドラ内を一歩で横切り、割り込むようにして俺の左隣に移動する。伊鳥は小柄で俺も痩《や》せてるほうだが、ただでさえ狭い座席が一気に窮屈になった。

紙袋の中身が取り出される。

公式マスコット・ソレイユくんの目覚まし時計だった。

俺がリアクションを返さないでいると、伊鳥はおもむろに針をいじり、タイマーを現在時刻に合わせた。そのとたん、

『ソレユケソレイユ、キミモトモダチ。ソレユケソレイユ、キミモトモダチ。ソレユケソレイユ、キミモトモダチ。ソレユケソレイユ、キミモトモダチ。ソレユ』

五回目のソレユケの途中で伊鳥はアラームを切った。ソレイユくんの声は意外と高かった。

「…………」

「…………」

はあ、とまたため息が漏れる。

「俺の青春最後の一日がこんなお土産のせいで」

「す、すいません」

さすがの伊鳥にも罪悪感が芽生えたらしい。隠すように時計が袋に戻された。あれだけ悩んでこれを買うっていったいどういうセンスしてんだ。そもそもなんで入園していきなりお土産コーナー行きたいとか言いだすかな。そして、なぜよりにもよって俺に「ちょっと待っててください」とか声をかけるかな。

文句はいろいろあったが、もはや争うのも面倒だ。

「別にいいよ」俺は投げやりに言った。「もともとたいした青春でもなかったしな」

虚《むな》しさの行き場を求め景色に目を戻す。幕張メッセとマリンスタジアムが見え始めていた。ゴンドラは四分の一周を少し過ぎたあたりで、ゆるゆると斜め上に上昇を続ける。

そういえばこの観覧車って、どうして反時計回りに回るのだろう。普通は時計回りが多くないか？　些細《ささい》な疑問に思いを馳《は》せ、結局答えは出ず、それから俺の高校生活と、葛城のことを考えた。観覧車が円を描くみたいに時間を巻き戻せればいいのに。そしたらもっと、葛城と――

「寺脇先輩って」

そんな俺の心を読んだかのごとく。

唐突に、伊鳥が爆弾を投げた。

「葛城のこと好きなんですか」

1―2

俺の頭は花火のように景気よく爆《は》ぜた。

上空六〇メートル、密室内の惨劇だった。窓の外に広がる景色もタッパーみたいなゴンドラのにおいも座席の硬さもどこかに吹き飛び、代わりに胃の奥が冷たくなるのを感じた。

慌てて唾《つば》を飲み下し、飛び散った脳みそを拾い集め、隣に座った伊鳥と目を合わせる。間近に迫るどんぐりまなこ。ふざけている様子には見えなかった。

「なんでそう思った」

「なんでっていうか、見てるうちになんとなく。さっきも『葛城と乗りたかった』って言いかけたし」

……はぐらかせてなかった。

「ちなみに葛城は観覧車乗れないと思いますよ。高所恐怖症って言ってたので」

へえ、葛城って高いとこが苦手なのか。初めて知った。よし葛城のことにひとつ詳しくなったぞ。

「で？」伊鳥はさらに顔を寄せる。「好きなんですよね」

「あー、うん、まあ、うん。きれいだなーとは思うけど」

「好きなんですね？」

「はい……」

認めるしかなかった。観覧車内では逃げ場もない。

「葛城ってけっこうお堅い印象ですけど。どこが好きなんです？」

「いやまあ、その、お堅い中にも柔らかい部分があってだな」

「体が目当てと」

「そうじゃなくて。ほら、ときどきとぼけたこと言うし、趣味もちょっと変わってるし。あ、いまの高いとこ苦手ってのもそうだけど。そういうとこがなんかこう」

　そもそものきっかけは「えっ？」の言い方だった。

　去年の春。たまたま部室にひとりでいたのが俺で、たまたまドアをノックしたのが新入生の葛城だった。片手には新歓ビラの束を持ち、もう一方の手には教科書が詰まった紙袋を持っていた。なんだか真面目《まじめ》そうな奴が来たなあというのが最初に思ったことで、実際口調と態度も堅苦しかったのだが、俺が部活の説明を始めた直後に発せられた「えっ？」の一言で印象が変わった。広辞苑の隙間から桜の花びらが一片《ひとひら》落ちてきたような、そんな微笑《ほほえ》ましさとかわいらしさを感じさせる「えっ？」だった。

　フォークソング部って、フォークソングをやる部活じゃないんですか。

　ああうん、フォークに限らず音楽全般好きな奴が集まる部かな。軽音部はがっつりバンドやりたい派の集まりで、こっちは普通に音楽の話とかしたい派の集まりで、つっても文化祭とかでは一応演奏するんだけど。

　フォークソングを。

　いやフォークソング寄りではないかな普通にロックっぽいやつを。ロック好きとか洋楽好きが多いから。

フォークソング好きは。

フォークソング好きはいまのとこ……いやまあみんな好きなんじゃないかな、フォークソング部だし。フォークソング好きなの?

音楽全般好きですがフォークソングとニューミュージックが一番好きです。七〇年代の。日本の。チューリップとか。

花が好きなの。

いや財津《ざいつ》さんの。

あ、バンドの。うんうん、俺もよく聴くよ『心の旅』とか、あと、あの……ポップなラブソングのやつとか。

『二人で山へ行こう』ですか? わかります。あれ、好きです。三十五周年ツアーの最後の曲だったんですよね。あえて有名どころをはずすチョイスがチューリップらしいと思いました。

ああ、だよねえ。あはは。うん。

実のところチューリップは音楽番組の特集をチラ見したことがあるだけで、『心の旅』もかろうじてタイトルを知っていたにすぎず、ポップなラブソングは当てずっぽうだった。その週の終わり、近所のTSUTAYAからはチューリップコーナーの在庫が消えた。レンタル旧作半額セールの日で助かった。

もちろんそれで一目惚《ひとめぼ》れというわけではないけれど、そんなことが積み重なり、いつの間にか思考の片隅に葛城が居座るようになっていた。部室でだべっているときもみんなでファミレスに寄って帰るときも文化祭の練習中も、俺の目は自然と葛城に吸い寄せられた。

でもいま、視線の先には伊鳥がいる。

「いつから気づいてたんだ、その、俺が好きだってこと」

「ぼくはけっこう前から怪しんでましたよ。先輩わかりやすいから」

「俺ってそんなにわかりやすかったか」

「それはもう磯野《いその》家の家族構成のように」

「あれってわかりやすいのか？」

「だからまあ、察しがついてるのはぼくくらいです安心してください。葛城本人も気づいてないいんじゃないかな」

「そ、そうか」

葛城に気づいてもらえてないというのは、ちょっと複雑だけど。

「先輩どうするんですか。あと半年で卒業ですよ。部活も今日で引退です」

「わかってるけどさ……葛城に近づくのはけっこう難しいんだよ。あいついつも同じクラスの鞍馬《くらま》とか隅田と話してるし」

「ぼくもけっこう話しますよ」

「ああそう」うらやましい奴。いや待て、「あいつ俺のこと何か言ってた？」

「パントマイムとか得意そうだって」

「扱いに困る情報だな……」

「で、どうするんですか」

どうするって言われても。

俺は右側の窓に頰杖《ほおづえ》をつく。ゴンドラの高度は着々と上がり続けている。

「伊鳥さあ。観覧車乗っててさ、いま一番高い場所にいるなあってはっきりわかったことあるか」

「ないですね。いつも知らないうちに過ぎちゃってます。で、後ろのゴンドラの位置とか見て、ああさっきの場所が一番高かったんだって気づくんです」

「俺もそうだったよ」吐息で窓ガラスがくもった。「気づいたときには下がり始めてた」

チャンスは腐るほどあったのに、逃し続けて今日になった。景色を満喫することができなかった。

「答えになってませんよ」伊鳥はあくまでドライだった。「どうするんですか葛城のこと」

「どうすればいいと思う？」

聞き返すと、後輩の眉間《みけん》にしわが寄った。助言を考えてくれているのか、決断力のない先輩だとあきれられているのか。

「あきらめろって言ったらあきらめるんですか」

「あきらめろって言うのか」

「言いませんよ。アドバイスとかできないです。ぼく、そういうの疎《うと》いんで」

子どもっぽい見た目の後輩は俺から視線をはずし、つぶやくようにつけ足した。

「どうするかは、先輩が自分で決めてください」

風が出てきたのか、ゴンドラがわずかに揺れた。

伊鳥に聞くまでもなく、自分で悩むまでもなく、どうすればいいかは明らかだった。行くとしたら今日をおいてほかにない。ただでさえ微妙な間柄なのに、部活を引退したら葛城と接する機会はますます減ってしまう。だから今日行くしかない。それはわかっていた。行くつもりもあった。遊園地を楽しむ中で葛城と二人になるチャンスを作るはずだった。

なのにいま、俺は伊鳥と二人で観覧車に乗っているわけで……。

「そろそろ頂点ですかね」

伊鳥がふいに言った。

「いつもそう言ってる間に過ぎちゃうんでしょ」後輩の口元に笑みが戻る。

「たぶんいまくらいがちょうどいい位置ですよ」

窓を確認すると、前後のゴンドラの上部が見えた。確かにここが一〇七メートル地点のようだ。たいして乗りたかったわけじゃないし、相手は伊鳥だし、俺の心は疲弊しまくりだけど。せっかくの観覧車なのだから楽しまなければ損である。

葛城のことからいったん頭を離し、上空一〇七メートルからの景色を眺めた。足元には遊園地と海浜公園が見下ろせる。高速道路を境に急に田舎《いなか》っぽくなる幕張の街並み。前方には工業地帯が目立つ船橋の市街、後ろ側は区画整理された鴨浜《かもはま》の景観。そこから延びる横槍《よこやり》線の線路を辿《たど》っていく。山雀町《やまがらちょう》にある水薙《みずなぎ》女子高の校舎。燕ヶ丘《つばめがおか》の陸上競技場。とするとその先が鶺鴒台《せきれいだい》で、あのあたりに俺の家があるはずだ。遠くにかすんでいるのは高校がある啄木町《たくぼくちょう》かな？　ああそうだ、自然公園の緑がなんとなくわかる。

こうして自分たちの暮らす街を一望するのは不思議な感覚だった。人がゴミのようだという常套句《じょうとうく》もあるが、そんなふうには思わなかった。際限なく続く建物の下にひとりひとりの暮らしがあるのだと想像すると、どこか圧倒されるものがある。むしろゴミのようなのは俺だ。

伊鳥の側、左手の海に目を移す。そっち側には東京があるはずだが、スカイツリーや富士山はさすがに視認できなかった。でも待った、対岸に出っ張っているのは浦安の埋め立て地だ。その奥、空の水色に溶け込むようにして見えるのは――

「あ、ディズニー」

　思わず声に出した。

　伊鳥も気づいていたらしく「ですね」と短く返した。タワー・オブ・テラーの館とプロメテウス火山の輪郭が確認できる。そのさらに奥、とげとげしているのはたぶんシンデレラ城だろう。

「こっからも見えるなんてやっぱでかいな、ディズニーは。こっちのランドから眺めてるとなんか悲しくなるわ」

　上空一〇七メートルからかろうじて見えるだけでもなお、夢の国の外観は非現実的だった。俺がディズニーに行った回数はソレイユランドよりも多くて、計五回だ。ランドが三回、シーが二回。千葉県民としては平均的な数だと思う。今日が六回目になる可能性もあったのだが。

「そういえば、今日ってなんでディズニーじゃなかったんだ?」

　何げなく尋ねると、伊鳥がこっちを向いた。

「追い出し会の企画進めたのおまえだろ。遊園地行こうってなったときさ、せっかくだからディズニーがいいって意見も出たじゃん。なんでソレイユにしたのかなって」

伊鳥は顔をうつむける。何か答えにくい質問だったろうか。

慌てて「や、俺はこっちでもぜんぜんよかったけど」とつけ加える。ディズニーは高いし混むから、それなりランドにもそれなりのメリットはある。ただ、充実度でいえばやはりディズニーに勝るものはないだろう。

スプラッシュ・マウンテンのスリルや、タートル・トークの驚きや、エレクトリカルパレードの音楽が脳裏によみがえった。葛城とディズニーを回れたら言うことなしだろうなあ。ランドとシーならどっちが好きかな。時間にうるさいタイプだからファストパスの取得にこだわりそうだ。絶叫系ライドの写真サービスでは普段見せない怖がる表情を——

「観覧車が」

「え？」

予想外の一言で俺は現実に引き戻された。

聞き返すと、伊鳥は真剣な顔で理由を答えた。

「ディズニーランドとディズニーシーには、観覧車がないじゃないですか」

3/4

観覧車が、ない。

確かに東京ディズニーリゾートには観覧車がない。ランドにもシーにもない。一瞬高い場所から景色が見える乗り物はあるが、観覧車や展望台みたいなゆっくり眺めを楽しむタイプのアトラクションはひとつもない。

ひとつもないが、それが理由って。

「おまえがそんなに観覧車好きとは知らなかったよ」

冗談半分に言うと、伊鳥はぎこちなく笑い、海の向こうのテーマパークに目を戻した。

「先輩は、どうしてディズニーに観覧車がないか知ってますか」

「……さあ。うちの親父《おやじ》は、東京ディズニースカイを建てるとき用に取ってあるんだって言ってたけど」

「そういう仮説もアリですけどね。一番有力な説はこうです。〈展望系のアトラクションを作ると、上空からバックヤードや周りのビルが見えて夢を壊してしまうから〉。ディズニーリゾートはパーク内から外部の建物が見えないよう細心の注意を払ってるんですよ。実際、パーク周辺のホテルは高さ十二階までって制限があるそうです。高層ビルが見えないようにするためですね」

言われてみれば、ディズニーランドの周りにあるのは首都高の湾岸線や工場ばかりだ。それなりランドならまだしも、あれだけ世界観にこだわる夢の国から煙を吐き出す煙突やトラックの列が見えたら――文字どおり、夢中でいた気持ちがしぼんでしまうかもしれない。

「夢を壊さないためか。なるほど、さすがディズニーだな」

「さすがですかね」伊鳥は不満げだった。「夢を壊さないために周りを見せないっていうのは、結局現実を覆い隠してるってことじゃないですか。それってなんだか不気味ですよ。ソレイユランドのほうが健全に思えます」

水平線上に浮かぶディズニーリゾートは、蜃気楼《しんきろう》のように儚《はかな》げだ。夢の国ではなく黄泉《よみ》の国だと言われても信じてしまいそうなほどに。

「ディズニーのこと嫌いなのか」

「そんなことありませんよ」あっさり否定される。「むしろ大好きです。なにしろぼくは、大学行ったらバイトして貯金して年間パスを買って週替わりでランドとシーに行こうと思ってますからね」

そりゃまた極端だな。

「毎週は飽きるだろ」

「やりたいことがあるんです」

「どんな」

「隠れミッキーってあるじゃないですか。園内のいろんな場所にミッキーのマークが隠れてるってやつ。ぼくはスプレー缶とかあらかじめ用意したシールをこっそり持ち込んで、トイレの壁とか花壇の隅とかベンチの後ろとかにミッキーのマークを増やしておくんです。それを見つけた人は隠れミッキーだ！　って思い込むでしょ。それで必ずSNSとかに投稿するでしょ。ぼくは家に帰ってからツイッターやインスタで〈隠れミッキー〉を検索してそして」

伊鳥は瞳をきらりと輝かせ、

「ほくそ笑むんです」

「………」

俺は二度うなずいて、ディズニーランドで偽隠れミッキー作りにいそしむ伊鳥の姿を想像した。大学生になった伊鳥はいまより少し背が伸びて、海外ドラマに出てくるシリアルキラーみたいな無邪気さで笑っていた。激しくこいつと縁を切りたい。

「勝手に増やしたら怒られると思うぞ」

「ばれないようにやるつもりです」

「おまえって卑屈な奴だな」

「先輩もだいぶ卑屈ですよ。髪型とかが」

顔をしかめて、長く伸びた前髪をつまんだ。藤原基央《ふじわらもとお》とか志村正彦《しむらまさひこ》を意識したつもりなのだけど。葛城にパントマイム得意そうとか思われたのもこのサブカルっぽい髪型のせいかもしれない。

ゴンドラはいつの間にか頂点を過ぎ、地上への帰路が始まっている。ディズニーリゾートの姿はもう完全に見えない。一度消えてしまうと、この工業地帯の片隅に夢の国が存在するとはとても信じられなかった。

「大学といえば、先輩進路は」

伊鳥が思い出したように言った。

「一応進学狙いだけど。第一志望は……」

「春望《しゅんぼう》大学」

「知ってるのかよ」

「成田先輩から聞きました」

春望大は都内にあるけっこうでかい大学で、早稲田・慶応と並んで三大私大と呼ばれることもあったりする。偏差値も倍率もほかの二校と同じく高いが、学費だけは国公立並みに安いのでそこその社会学科を狙うつもりだった。社会学って何する学問なのかもよくわかってないけれど。

「いまだにE判定で焦ってるらしいとも聞きました」

「EじゃなくてDだよ」成田め、人の恥部をペラペラと。「まあすんなり入れたら苦労しねえよ」

「万が一受かったらこっから東京通うんですか」

「万が一っておまえ失礼だな……どうかなあ。通えはするだろうけど満員電車いやだし、キャンパスの近くに住むかも」

「そうですか。じゃあ葛城とも」

会えなくなりますね、と。

皆まで言わずに伊鳥は言葉を切った。

「……わかってるよ、それも」

卒業すれば葛城とはさらに距離が離れる。話す機会どころか顔を合わせる機会すらなくなる。当然だ。わかりきったことだ。でも、もしこのまま何の進展もなく卒業したら──俺は大学に行ったあとも葛城を想《おも》い続けるのだろうか。

そっちの答えはわからなかった。

そもそも未来の自分の姿というのが想像できない。妻子とレジャーを楽しむ自分はおろか、大学に通う自分の姿も曖昧《あいまい》だ。隠れミッキーを増やす伊鳥の姿は容易に想像できるのに、実に不思議なことだった。

長く座っているせいで予想どおり尻が痛くなってきた。俺は座席の背にもたれて、伊鳥が眺めているのと逆方向、陸地側に視線を落とす。

ゴンドラは淡々と下降を続ける。マリンスタジアムのダイヤモンドは先ほどの二倍くらいの大きさになっている。鴨浜の市街もさっきより通りの一本一本がよく見えた。進行方向に首をひねると、ひとつ先のゴンドラが視界に入った。小学生か中学生か、四人組の女子が窓際に寄って、はしゃぎ合いながらスマホをかざしている。観覧車に乗る若者かくあるべしという感じの楽しそうな光景だった。

それに比べて、俺たちの空中散歩は気まずさの連続だ。

俺は別にいいのだけれど——伊鳥は、こんなので本当に満足なのだろうか。

それがないからという理由でディズニーリゾートを行き先候補からはずし、男二人でも躊躇《ちゆうちよ》なくゴンドラに乗り込むほど、観覧車にこだわる奴なのに。伊鳥からはなぜか景色を楽しむ気配があまり感じられない。写真を撮ったり自分の街を探したりもせず、むしろ俺との会話に重点を置いているようだ。

つくづく変な奴だと思う。普段から変とは思っていたが今日は輪をかけて奇妙な行動が目立つ。単なる気まぐれの連続なのか、それとも何か一貫した狙いがあるのか。

一貫した狙いが——

ひとつの仮説に思い至って、俺は声を出さずに口だけを開いた。

それは東京ディズニースカイ建設計画と同じくらい突拍子もない仮説だったが、すべてがカチリとはまる唯一の解答でもあった。

今日の伊鳥の奇行の数々。

まず、たいして親しくない俺に「待っててください」と声をかけ、普通なら帰り際に寄るはずのお土産コーナーにいきなり駆け込んだ。

しょうもない目覚まし時計ひとつを買うのに、やたらと時間をかけた。

そのあと、俺と二人で観覧車に乗りたいと言いだした。

なのに、景色を楽しむ素振りは見せず。

なぜソレイユランドを選んだのかと尋ねたときには、理解しがたいことを答えた。

——ディズニーランドとディズニーシーには、観覧車がないじゃないですか。

ひょっとすると。

伊鳥の目的は、俺と二人きりになること？

お土産コーナーでやたら時間をかけたのは、俺とほかの部員とを引き離すため。

観覧車に誘ってきたのは、ゴンドラ内なら誰にも邪魔されないから。

だから、今日の行き先は観覧車がある遊園地でなければならなかった。だからディズニーを選ぶことができなかった。部活を引退する先輩と二人きりになる、最後のチャンスを作るために。

仮にそうだったとしよう。伊鳥が俺と二人きりになることを目指し、最初からすべてを仕組んでいたとしよう。じゃ、そうまでして一対一《サシ》の場を設けたかった理由は？　俺との距離を縮めるため？　それはちょっと戸惑うな、こいつはかわいらしい外見だし好かれるのは悪い気しないけど……いや違う、たぶんそうじゃない。

伊鳥は観覧車の中で葛城のことを聞いてきた。

葛城のこと好きなんですか、と聞いてきた。

葛城のどこが好きなんです、と聞いてきた。

あきらめろって言ったらあきらめるんですか、と聞いてきた。

それはつまり、

「伊鳥」

俺は探るように静かな声で、

「おまえも葛城のことが好きなのか」

爆弾を投げ返した。

だが不発に終わった。伊鳥は窓のほうを向いたまま首を横に振り、

「葛城よりは先輩のほうが好きですよ」

またとっつきにくいことを言った。そしてじっと空を眺めた。何かを待つように。何かを祈るように。

反時計回りに進む観覧車は九時の位置を通り過ぎ、四分の三周を終えようとしている。

眼下では、いっときミニチュアサイズにまで縮んでいた遊園地が原寸大を取り戻しつつあった。錆《さ》びついた鉄骨に、そのへんの倉庫と変わらないバックヤード。右側の窓に顔

を寄せて、水平線上に消えた夢の国とは一味違う、地に足の着いた現実感を持つ園内を見回す。

回転ブランコ。のたくるコースターのレール。メリーゴーラウンドの円形の屋根。箱庭めいたキッズエリアでは相変わらず小さな汽車が——

そして俺は、それを見つけた。

見間違いかもと思って目をこすり、現実だとわかってまた目をこすった。ゴンドラから投げ出されたみたいに一瞬すべてがでんぐり返り、次の一瞬ですべてがもとの位置に戻った。ああ、とだけ思う。ついさっき辿り着いた結論があらゆる意味で間違っていたことを悟った。

「伊鳥」

もう一度、後輩に話しかける。

「おまえの本当の狙いがわかったよ」

「………」

「完全犯罪だな」

伊鳥はようやく俺のほうを向いた。

「おまえは自分の手を汚さずに俺を殺すつもりだったんだ。俺を観覧車に乗せることで」

言葉の意図を察したのだろう。犯人は寂しげに微笑み、「ばれましたか」と肩をすくめる。

「殺すつもりはありませんでした。救うつもりだったんです」

確かに——悩みからの解放ととらえるなら、これは救い以外の何物でもない。

俺は伊鳥のもくろみどおり殺された。殺されたし、救われた。

「ありがとうな」

嘘《うそ》偽りのない感謝を捧《ささ》げて、俺はその光景に目を戻す。

夢をぶち壊す観覧車から見つけたもの。

それは、キッズエリアのベンチに部員の鞍馬と並んで座る、葛城の姿だった。

二人の間にはやたらとでかいアイスクリームのカップがひとつ置かれ、スプーンが二本ささっていた。

1

「つきあってるそうです。三ヵ月前から」

伊鳥の話を聞きながらも俺は二人を見つめ続ける。葛城はずっと笑っていた。部内では見せたことのない柔らかい笑顔で。

そうか。葛城は、鞍馬みたいなのが好みだったか。

「デート中のところにたまたまぼくが出くわして、そのとき聞かされました。ぼくは先輩が葛城のこと好きってのにも気づいてたんですけど、正直貧乏くじを引いてしまったと思いました」

「貧乏くじね。言えてるよ」

「葛城たちのことと寺脇先輩の気持ち、両方知ってるのはぼくだけです。先輩に死刑宣告を出せるのはぼくしかいなかったんですよ。何度か言おうとはしました。でも言えませんよ、『寺脇先輩葛城のこと好きなんですか。へえ、残念ですねあいつもう恋人いますよ』なんて。言いづらいし言いたくないです。泣き崩れる先輩の顔も見たくなかったですし」

「別に泣き崩れはしねえけど」

言いづらいから。言いたくないから。ここまで手の込んだ計画を立てた動機は、結局のところそんな些細なものだった。でも、俺が逆の立場でも伊鳥と同じ気持ちになったと思う。昔テレビで観《み》たトム・ハンクスの映画を思い出す。誰だって電気椅子のスイッチを押す役はやりたくない。

「先輩が勝手に葛城たちの関係に気づいて、勝手に絶望して勝手にあきらめるってのが理想でした。で、どうやったらそうなるか考えました。関係に気づくには実際に葛城たちが仲よくしてる場面を見るのが一番です。でも直《ちょく》で鉢合わせしたら気まずさ半端ないでしょ。なら作るべきは葛城たちが絶対に気づかず、先輩だけが一方的に気づく状況――たとえば、地上にいる二人を上空から眺めるとか」

「それで観覧車か」

さっきの俺の推論は途中までなら正しかった。伊鳥の狙いは俺を観覧車に乗せること。だが、最終目的は俺と二人きりで話すことではなかった。俺に葛城たちを目撃させることだった。

「ディズニーに行かなかったのもそれが理由か」

「夢の国には観覧車がないので。でもソレイユの利点はもうひとつありました」

「もうひとつ？」

「部員全員で遊園地に来たら、どうせ何グループかに分かれての自由行動になります。葛城と鞍馬は二人きりで過ごしたいと思うはずです。でも二人きりになったからって、園内で堂々といちゃつくわけにはいきません」

「ほかの部員もうろちょろしてるわけだから、そりゃそうだな」

「ところがソレイユランドには、高校生が絶対に足を踏み入れないエリアがあります」

はっとした。

いくらほかのエリアに飽きても、俺たちが絶対に行こうとしない場所。幼児向けのアトラクションがそろった箱庭。

「キッズエリア……」

「キッズエリア内なら部員に見られる心配はありません。葛城たちが休憩がてら、あえてキッズエリアに足を運ぶ可能性は高いと思いました。そこなら観覧車から丸見えです。昼どきに先輩を観覧車に乗せれば、葛城たちを発見してくれるかもしれない」

「ちょっと待った。キッズエリアより観覧車に乗ったほうが二人きりを満喫できるぞ。葛城たちが観覧車に乗るかもとは……あ」

「ありえませんよ。葛城は観覧車に乗れません」

高所恐怖症だから。

目的のくだらなさと周到さとのギャップに舌を巻く。こいつなら本当にディズニーランドで隠れミッキーを増やしまくれるかもしれない。

「俺が見逃したり、そもそも葛城たちが二人きりにならないって可能性もあったろ」

「だから言ったじゃないですか、『心の中は不安でいっぱい』って。まあ、うまくいかなくても別によかったですよ。ぶっちゃけ先輩の恋がどうなろうがぼく関係ないですし」

屈託なくひどいことを言い放つ伊鳥。

「でも惜しかったです。本当なら先輩が葛城たちを見つけても、ぼくがそれを仕組んだとは気づかれないはずだったんですけど」

「完全犯罪はうまくいかないってことだな」

「どっか気づく要素ありました？」

「ありまくりだよ。お土産コーナーの時点からおかしかったし、観覧車乗りたがったのもそうだし……乗ってからもいくつか」

片想いがすっきり決着したせいで脳の空き容量が増えたのだろうか。軽く思い返すだけでも、新たに気づいた点が二つあった。

「たとえば最初の時間だ。俺が『これって何分で一周するんだ』って聞いたとき、おまえ『二十二分』って即答したよな。いくら幹事で観覧車好きだからって、一周にかかる正確な時間を知ってるってのは不自然だろ」

伊鳥は俺が葛城を見つけるまでのタイムリミットを知ろうとして、事前に下調べを行ったのだろう。

「それに座席の移動」

左肘《ひじ》で、隣に座った伊鳥を小突く。

「おまえ最初は俺の向かい側に座ってたろ。でも買ったお土産を見せるどさくさで俺の隣に移動した」

座ったままでも見せることはできたのに、なぜわざわざ移動したのか。それに、あのとき俺は海を眺めるため左側に寄っていたのに、なぜ空いてる右側じゃなく左側に尻を割り込ませたのか。

「俺の視界を制限したかったんだろ」

　窮屈なゴンドラ内を見回す。

「この狭い中で左側に座られたら、そっち側の景色は見づらくなる。俺は自然と、右側の景色だけを眺めるよう誘導されてたわけだ」

　なぜなら、キッズエリアはずっと俺の席の右手側に見えていたから。

　どうだ？　と一応の確認を取る。二つとも的を射ていたようで、伊鳥はばつが悪そうに頭をかいた。

「ついでに言うと、パパになるまでってのも誘導でしたよ」

「ぱぱ？」

「先輩がベンチで待ってりゃよかったってぼやいたとき、ぼく言ったじゃないですか。『そういう機会は、結婚してパパになるまで取っとくべきですね』って。子どもに意識を持っていけばキッズエリアにも目を向けるんじゃないかなーと。駄目押しですけど」

　……そういえば言われたっけ。とっつきにくいジョークだと思ったら、こいつそんなサブリミナルっぽい戦略まで取ってたのか。そう考えると、伊鳥が葛城の話題を頻繁に出したこと自体も誘導だったかもしれない。俺に葛城はいまどこにいるのだろうと思わせて、眼下の遊園地を探させるための。

ジェットコースターから絶叫が聞こえた。観覧車の旅はもう終盤で、高さも地上とほとんど変わらない。

だから俺は景色の代わりに伊鳥を眺め、変わった形のビルを見つけたときのように小さく噴き出した。

「なんですか」

「いや。俺がどうなろうが関係ないとか言っときながら、けっこう努力してくれてたんだなーと」

からかうように言ってやる。後輩はふてくされた顔で視線を流す。

「先輩、受験生でしょ。春大志望でしょ。今日で部活引退でしょ」

「そうだけど」

「明日からはめちゃくちゃがんばって勉強に打ち込むってことじゃないですか。叶《かな》わぬ恋なんかに悩んでる場合じゃないじゃないですか」

「…………」

「なら、今日中に終わらせなきゃだめでしょ」

伊鳥。

幼い外見と裏腹に卑屈でドライで、とっつきにくいことばかり言う後輩。俺とは部活が同じという程度の関係で、貧乏くじを引いたなんて嘆きながら、けれど誰よりも俺のことを考えてくれた後輩。

「それに、ぼくも」

伊鳥は何か言いかけて、唇をもごもご動かした。指先が恥ずかしがるように紙袋の持ち手をいじっていた。

なんとなく――なんとなくだが。

もしかすると、俺が最初に辿り着いたほうの結論も間違ってなかったのかもしれない。

「伊鳥。俺の受験が終わったらさ、二人でディズニーランド行こうぜ」

衝動的に誘った。伊鳥はどんぐりまなこをぱちくりさせ、無邪気な顔にあくどい笑みを浮かべる。

「隠れミッキー作るのはけっこう技術いりますよ」

「いやそうじゃなくて……。なんか急に、おまえと観覧車以外にも乗ってみたくなったんだよ」

そっちのほうが観覧車よりも楽しそうだ。

ゴンドラがひときわ強く揺れた。二十二分間、反時計回りの旅路を終えて地上に帰ってきたのだ。

ガチャン。おつかれさまでしたー。乗り込んだときと同じお姉さんがドアを開け、俺たちは密室から解放された。タッパーくさくない新鮮な空気が流れ込んでくる。ずたぼろの心と胃の痛み。空虚な疲労と不思議な満足感。乗り込んだときよりだいぶ荷物が増えていた。ディズニーランドのアトラクションでは決して得られないものだった。

伊鳥と一緒にゴンドラを降りる。そういうマニュアルでもあるのだろう、係員のお姉さんが空の旅はいかがでしたかー？　と聞いてくる。

俺は後輩と顔を見合わせ、

「最悪でした」と軽快に答えた。

捨て猫と兄妹《きょうだい》喧嘩

1

十枚入りのポケットティッシュはすぐになくなってしまった。

花粉症の季節じゃないからすっかり油断していた。あと二、三個バッグに入れとけばよかったかも。名残《なごり》惜しくたたんだ最後の一枚でもう一度鼻をかみ、ゴミはひとまずテーブルの端にまとめておく。平屋の中にあるゴミ箱はびん・缶用とペットボトル用だけで、ティッシュを捨てることができなかった。

ほかにあるものといえば、低い音でヴーンとハモる二台の自販機。灰色のタイル壁に貼《は》られた公園の案内図や地域のお知らせ。白い丸テーブルと椅子のセットがいくつか(海の家にあるようなプラスチックの安っぽいやつ)。あとは奥のトイレとか、それくらい。レストハウスの内装にしてはかなり味けないほうだと思う。そのせいか利用者は少ないみたいで、いま休憩中なのはあたしだけだった。けっこう大きな自然公園なんだからもっとサービスよくしてほしい。たとえばティッシュを置いとくとか。

鼻をズビズビすすりながら、かゆくなった目をこする。あ、そうだ、トイレからトイレットペーパー持ってこようかな。でも、膝《ひざ》に載せたダンボール箱の重みがそれをためらわせた。自動ドアのセンサーってどれくらいの大きさから反応するんだろう？　わからないけど、なるべく箱から目を離したくなかった。両手で箱を抱き、ぐっとおなかに押しつける。また鼻がむずついて、ひくち、とくしゃみが出た。

ガラスの向こうのイチョウ広場では小学生たちが遊んでいる。葉が落ちて枝が剝《む》き出しになった木の下を、ボールが行ったり来たりする。もう四時過ぎだけど、まだ来ないのだろうか。あいつのほうが学校から近いはずなのに。

それからさらに一回くしゃみをし、二回まぶたをこすり、制服のスカーフで鼻をかんでやろうかと思い始めたとき。

ようやく兄貴が現れた。

兄貴は自動ドアの正面に座ったあたしにすぐ気づくと、こちらへ歩いてきながらダッフルコートを脱いだ。短髪で肩幅も広いのでぱっと見はスポーツマンっぽいけれど、実際はそれほど頼れる感じじゃないし、兄貴というほどアニキっぽくもない。昔から呼び慣れているので、あたしはいまでも兄貴と呼んじゃうけど。

コートの下に着ていたのは啄木《たくぼく》高校のブレザーだった。あたしが着ているのは水薙《みずなぎ》女子のセーラー服。

兄貴とあたしは一歳違いでいま高二と高一だけど、通っている学校が違う。ほかにもいろいろなことが違う。

住んでいる家とか、苗字《みょうじ》とか。

「よお」半年ぶりに会ったというのに、兄貴の挨拶《あいさつ》は軽かった。「母さん、元気？」

「うん」

「そっか」

いかにも社交辞令って感じのやりとり。兄貴はあたしの向かい側の椅子にコートをかけ、ブレザーの袖《そで》をさする。

「エアコンあんま効いてないな」

「そう？」あたしの声は鼻声だった。「ティッシュ持ってる？」

兄貴はスラックスからポケットティッシュをひっぱり出した。よれよれだったけどありがたく受け取る。鼻をかむとだいぶ楽になった。

「風邪ひいてんの？」

「そうじゃないけど」

「ふうん。で、なんの用だよ」

「ちょっと、相談っていうか」

「相談？」兄は外をちらっと見て、「ここ冷えるしさ。おれ腹減ってるし。どっかほかんとこ行こうぜ。ファミレスとか」

　あたしは首を横に振った。

「たぶん、連れてけないから」

「誰を」

「誰をっていうか……」

　ええい、ためらっててもしかたない。

　あたしは膝に載せていたダンボール箱を持ち上げ、そのままテーブルのど真ん中に置いた。

　兄貴の言葉を待たずに箱を開く。

　中では、茶色い塊が丸まっていた。

　塊は眠りから覚めたように頭をもたげ、ふてくされたような仏頂面であたしを見上げた。うっすら縞《しま》模様のついた綺麗《きれい》な毛並み。耳は水平に折れていて、体もちょっと太り気味なので、しなやかなモデル体型というよりはのたっとしたおもちみたいな印象だ。

　箱の中にはたたんだ毛布とトイレ用の砂が敷かれたトレーと、エサ用のトレーと、キャットフードの缶詰が六つ。

　箱のこっち側の側面には、セロテープでメモ用紙が貼られていた。

〈オスです。一歳。去勢済み。三種混合予防接種済み。病気等ありません。おとなしい

です。拾ってやってください。すみません〉

テーブルの向こうに目を戻すと、兄貴は口を開けたまま固まっていた。

「おまえ、これ……どこで」

「ケヤキ広場のベンチの下」

あたしは猫の頭に手を伸ばし、撫《な》でてやりながら事情を語る。

「今日学校でね、啄木町にめっちゃいいケーキ屋があるって聞いたの。クラスの吉永《よしなが》さんって人から。〈デルタ〉ってお店なんだけど、知ってる？　ニュータウンのへんの。イチゴまみれのショートケーキ出すとこ」

兄貴は答えない。まあケーキの話は置いとこう。

「で、食べに行こって思って。放課後にひとりでこっちまで来て。ニュータウン行くなら近道かなって思って自然公園通り抜けようとしたの。そしたら、ケヤキ広場で」

見つけたのだ。ダンボール箱を。

人もまばらな寂れた広場の、ベンチの下にぽつんと置かれていた。中にはこのうだつの上がらない猫がいて、その瞬間からあたしのくしゃみと鼻水は止まらなくなった。でも、だからって箱を閉じるわけにもいかなかった。ケーキの予定は急遽《きゆうきよ》取りやめ。外は寒いのでイチョウ広場のレストハウスに移動し、それから兄貴を呼んだのである。

椅子を引きずる音が鳴った。兄貴はさっきコートをかけた椅子に崩れ落ちるように座っていた。

「マジかよ」

独り言のように漏らし、また「マジかよ」と繰り返す。

「いやな予感してたんだよ……。急に連絡してくるし。公園で待ち合わせとか言うし」

「ごめん」

何についての謝罪なのか自分でもよくわからなかったけど、とりあえずそう言ってしまう。兄貴は聞こえた様子もなく箱をにらむ。猫は相変わらず丸まっている。

「どうすんだよ、こいつ」

「それなんだけど……あたしんとこのマンション、ペット禁止だから。兄貴んとこで飼ってくんない？」

「えっ!?」返事は悲鳴に近かった。「いや、ムリムリ。うちは無理だって」

「なんで？　一軒家でしょ。兄貴もお父さんも猫、好きじゃん」

「好きとか嫌いとか、そういう話じゃねえだろこういうのは。だいたいおまえ、自分で飼えないならなんで拾うんだよ」

「だって見つけちゃったんだからしょうがないじゃん」

「見つけちゃったからってそんな簡単に拾うなよ。ていうか見つけるなよ」

「見つけるなよって何よ」

「公園に落ちてる箱なんてわざわざ触るなって言ってんだよ。子どもかよ」

「別に見つけたくて見つけたわけじゃないし」

「いや、だから……ああ、もう」

もどかしそうに頭をかく兄貴。猫は顔の向きを変えて兄貴を見た。兄貴はその視線から逃れようとするみたいに、自販機のほうへ目をそらした。

「と、とにかくうちは無理だから。学校の友達とかにあたれよ。ほらさっき言ってたヨシカワさんとか」

「吉永さん？」

「なんでもいいけどそのなんとかさんに聞いてみろよ」

「できるわけないじゃんそんなの！　急に聞いたって迷惑でしょ」

「うちだって迷惑だよ！　なんでおれに頼むんだよ」

「だって……」

勢いよく言い返そうとして、口ごもる。

「だって、もと家族だし」

絞り出した言葉の余韻は、煙草《たばこ》の副流煙みたいにいつまでもレストハウスをさまよった。あたしは目をこすり、わざと大きな音を立てて鼻をかんだ。兄貴はじっと黙っていた。猫はあくびをし、また箱の中に頭をひっこめた。

「戻してこよう」

兄貴が言った。

あたしは「は？」と聞き返す。

「だってそれしかないだろ。どっちの家でも飼えないんだから」

「何言ってんのそんなことできるわけないじゃん！　かわいそうでしょ」

「おれだってかわいそうだとは思うけどさ。思うけど、どうしようもないだろ」兄貴の顔がためらうように歪《ゆが》む。「ちゃんとエサとか猫砂《ねこずな》も入ってるし……戻しときゃ、誰かほかの人が拾ってくれるって」

「拾われずに保健所とかに行っちゃうかもしんないじゃん」

「最近は保健所でも飼い主探してくれるんだよ」

「でも見つからなかったら殺されちゃうでしょ」

「殺すとか言うなよ。安楽死って言え」

「同じじゃん！」

「うるさいな！」

反射的に肩が震えた。

男の人が出した怒鳴り声。母と二人暮らし、女子校通いのあたしにとって、それはずいぶん久しぶりの感覚だった。動揺を察したのか、兄貴は気まずそうにうつむいた。それでも譲る気はないらしく、トーンダウンした声で続ける。

「捨て猫なんて、こんな話そこら中に転がってんだし。いちいちかまってらんないだろ」

「でも」

「でもじゃねえよ。毎日何匹も処分されてるんだよ。かわいそうとか言ったところでしかたないだろ。たまたま一匹見つけたからって、そいつだけ拾ったって、そんなの自己満足だし……偽善だよ」

自分で自分に言い訳したくて、棒読みしているみたいに聞こえた。その冷たさに反比例してあたしの頭が熱くなる。

「じゃ、道端におばあさん倒れてたらどうすんの？　いちいち相手にしてられないってほっとくわけ？」

「それは……それは、そういう話じゃねえだろ」

兄貴はまた自販機のほうへ目をやり、黙ってしまった。あたしは鼻をかみ終えたティッシュを小さな塊になるまで何度もたたんだ。

兄貴もあたしも戸惑っていた。

急に降って湧《わ》いた小さな命の問題に、感情を乱されていた。

犬や猫は昔から好きだった。大大大好きってわけじゃないけど、人並みに。ペットを飼いたいと親にねだったことも何度もあったけど、あんたくしゃみ出ちゃうでしょ、と言われて許してもらえなかった。だからあたしは、こんなふうに命を扱ったことがない。

兄貴の言うとおり、拾ってしまったのが間違いだったのかもしれない。飼えないくせに猫を救おうとするあたしはわがままな子どもと同じなのかもしれない。でも、頭ごなしに突っぱねられるとは思っていなかった。兄貴はあたしの気持ちをわかってくれると思っていた。頼りないなりに優しい兄貴だと、そう思っていた。

兄貴と、あたし。

久しぶりに会ったのに、どうして言い争ってるんだろう。

まるで、別れる前の父と母みたいに――

な～ご。

猫の鳴き声が沈黙を裂いた。

2

その猫の声を聞いたのはそのときが初めてだった。あたしたちの事情や自分が置かれた状況なんてこれっぽっちも気にしないような、脱力感ただよう鳴き方だった。

猫はのそりと身を起こすと、意外なほどの俊敏さで箱の縁を飛び越えた。さらにテーブルから床へと着地し、あたしの椅子の下をくぐり抜ける。

「あ、ちょ、ちょ、待っ」

「大丈夫だろ」と、兄貴。「おとなしいって書いてるし」

　確かに逃げ出すような素振りはなくて、猫はただテーブルの周りをうろつくだけだった。レストハウスの居心地を品定めするみたいに、仏頂面がきょろきょろ動く。太めの尻尾もそれに合わせて左右に揺れる。

　兄貴が椅子から立ち上がった。つかまえるのかと思いきや、猫のことはスルーして自販機のほうへ。

「何飲む？」

「え、おごってくれんの」

「おごってほしけりゃな」

「……じゃ、ミルクティー」

　機械が飲み物を吐き出す音が二度響いた。

　兄貴はあたしに紅茶花伝《こうちゃかでん》を渡し、自分はコカ・コーラを開けながら席に座った。ありがと、と礼を言って紅茶に口をつける。鼻が詰まっているせいであまりおいしく感じなかった。

　自販機には〈あったか～い〉と〈つめた～い〉両方のミルクティーが並んでいて、頼んだわけでもないのにあたしのミニペットは冷たかった。兄貴は年がら年中コーラが好きで、あたしは冬でもホットは飲まない派。どちらも飲み物の好みは昔から変わっていない。そんな中途半端な通じ方が、いまはなんだかもどかしい。

猫はレストハウスを一回りしてからあたしの足元へ戻ってきた。ミルクのにおいに釣られたのだろうか。

……そういえばこの猫、おなかすいてないのかな。たぶん、すいてるよね。もっと早く気づいてあげるべきだった。

あたしはダンボール箱の中からキャットフードをひとつ取る。兄貴が眉をひそめた。

「やるのか？」

「あたしらだけ休憩ってわけにいかないでしょ」

タブに指をかけて缶詰を開ける。そのまま床に置こうとすると、「おい」と咎《とが》める声。

「なによいいじゃん別に。エサくらい」

「そうじゃなくて、ちゃんと開けろよ。フタくっついてたら怪我《けが》させるだろ」

「え？　あっ」

あたしはフタをぺろんとめくっただけで、完全に切り離したわけじゃなかった。フタの縁は鋭いから、猫が顔を近づけたら確かに危ないかも。

フタをきちんと外して今度こそ床に置いた。猫は鼻を近づけ、ちょっとにおいを嗅《か》いでから、もしゃもしゃと食べ始めた。久しぶりの食事だろうにがっつく様子はない。

「おいしい？」と聞いても無反応。おとなしいというか、ふてぶてしいというか……。

「この猫って、あれだよね。折れ耳の。スコティッシュ……スコティッシュテリア？」

「テリアは犬だろ」あきれ声で突っ込まれた。「フォールドだよ。スコティッシュフォールド。こいつは雑種っぽいけどな」

ああ、それそれ。

あたしは食事中のスコティッシュフォールドくんを見つめる。

「どんな人に飼われてたのかな」

「さあな。ひとり暮らしのＯＬとか」

「ＯＬ？　なんで」

「なんか猫飼ってそうだから」

「超ざっくりじゃん」

でもさ、とダンボール箱に貼られていたメモ用紙をはがして、兄貴に見せた。

「ちょっとこの字、男の人っぽくない？〈拾ってやってください〉って書いてるし。女の人だったら〈拾ってあげてください〉って書くと思う」

「それは……人によるだろ」

いまいち共感されなかったみたいだ。まあ確かに性別はどうでもいい。それよりあたしが気になるのは、捨てた理由のほうだった。

「なんで捨てちゃったんだろう。嫌いになって捨てたってわけじゃないよね？　エサとかもちゃんと入ってるし」

「そりゃそうだろ。嫌いになってペット捨てる奴なんていないよ」

兄貴はコーラを呷《あお》り、炭酸の刺激を我慢するみたいに顔をしかめた。

「なんか急な事情があったんじゃないか」

「急な事情？」

「スコティッシュフォールドっていま人気だからさ、ネットとかで募ればけっこう里親も見つかると思うんだよ。でもそうしないで、こんなふうに手放したってことは、よっぽど余裕がなかったんだ」

「急に引っ越すことになったとか？」

「そうそう。……人間の人生ってのはいろいろやなこと起こるからな。猫と違って」

皮肉るような、うらやましがるような言い方だった。

猫は呑気《のんき》に食べ続けていて、ササミの缶詰はもう半分近くなくなっている。やっぱりおなかはすいてたみたいだ。

「飼い主、たぶんニュータウンのほうに住んでる人だよね」

「え？　なんでだよ」

「だってほら。ケヤキ広場に捨てられてたから」

あたしは公園の案内図を指さした。啄木町の自然公園はかなり広くて、いくつかのエリアに分かれている。あたしたちがいまいるイチョウ広場は、敷地の北側にあって駅や県道から近い。猫を拾ったケヤキ広場は南側にあって、そちらはニュータウンの住宅街に近かった。

「ケヤキ広場って遊具少なくて、人もぜんぜんいなかったけどさ、ニュータウンから行きやすいでしょ。あのへんに住んでる人が捨てたんだと思う」

「逆だろ」

名推理だと思ったのだが、兄貴は異を唱えた。

「猫にだって帰巣本能があるんだからさ、家の近くに捨てたら戻ってきちまうかもしれない。ケヤキ広場に捨てられてたならその近所じゃないってことだ」

「そういえば、そっか……じゃあなんでケヤキ広場に？　イチョウ広場のほうが人通り多いじゃん」

「そのぶん危険もあるし」

兄貴の視線が案内図の横へずれる。壁には〈不審者出没〉や〈遊具を壊さないでください〉の注意書きが貼られている。

「このへん最近、夜は酔っ払いとかヤンキーとかけっこう集まるらしいんだよ。五月ごろには通り魔出たっていうし。猫なんて捨てたら悪い奴らにいたずらされるかもしんないだろ。寂れたほうの広場に捨てたのはそういう危険を避けるためと、あとは……いい家に拾われたかったんだと思う」

「いい家？」

「なんていうか、裕福な家ってこと。ニュータウンってけっこうでかい家多いから」

「あー」

　確かに、ケヤキ広場から見えた住宅街には大きな屋根と広い庭が目立った。ケーキ屋〈デルタ〉がその近所にあるのも、有閑《ゆうかん》マダムをターゲットにしているからかも。

　足元に目を戻すと、いつの間にか缶詰は空っぽだった。猫は底についた油まできっちり舐《な》め取り、そのまま前足や後ろ足をぺろぺろし始める。毛づくろい——じゃなくてグルーミングっていうんだっけ。猫特有の柔軟さを発揮するその姿勢は、おなかのもちもち感と対照的だった。

「確かにこの子、お金持ちの家が似合いそう」

「なんだよそれ。太ってるだけだろ」

　兄貴が苦笑し、ボールを投げ返すようにあたしも笑った。ちょっとだけ安心できた。たぶんいまのやりとりは、喧嘩が収まったことを意味していたから。

　それにしても拾われ先のことまで気を遣っていたなんて、やっぱり飼い主はこの子のことが好きだったのだろう。兄貴の言うとおり、手放したのも何かやむをえない事情が――

ダンボール箱に目を戻したとき、あることに気づいた。

あたしのほうに向いた箱の側面。さっきメモ用紙をはがしたせいで、その下に印刷された文字があらわになっていた。

〈カワラ食品　ささみ王〉という商品名。そして猫の似顔絵。

あたしは箱を引き寄せる。缶詰をもう一個手に取り、ラベルを確認する。

箱のロゴと同じ銘柄だった。

あたしは缶詰をもとに戻した。代わりに紅茶花伝のミニペットを持ち上げ、口に運ぼうとしたけど、それも途中で置き直した。指や喉から伝わる冷たさをいまだけは感じたくなかった。

「ひどい」ぼそりとつぶやく。「ひどいよ、やっぱり。前の飼い主」

兄貴にもロゴが見えるように、箱の向きを変える。

「箱買いしてたんだよ、キャットフード。それで、猫と一緒に箱も捨てたんだよ。猫がいなくなったら、もういらなくなるから」

ダンボール箱も、毛布も、残った缶詰も。

まるでゴミをまとめるみたいに。

合理的な捨て方なのかもしれない。でも、あたしには納得できなかった。親切なメモ用紙のメッセージもいまはひどく冷酷に思えた。大切なペットの情報を箇条書きみたいにまとめてしまうその筆致が許せなかった。

「考えすぎだろ。んなこと……」

兄貴は反論しかけたが、すぐに「いや」と引き下がった。

「そうかもな」

ダンボール箱の向きがあたしのほうへ戻される。「箱が濡《ぬ》れてる」と、一言。言われてみれば、箱のフタ部分がちょっとふやけている。

「昼ごろ、雨降ってたろ。ちょっと考えれば遊具の下とか、もっと雨風しのげる場所があっただろうにさ、適当にベンチの下に置きざりにしたんだ。次の日の天気予報を調べることすらしなかったんだよ、飼い主は」

手に力を込めたらしく、コーラの缶が小さく鳴った。

「ひどい奴だよ。ほんとに」と、兄貴は吐き捨てるように言い足した。暗い箱の中で猫が過ごした夜に思いを馳《は》せ、あたしの心も重くなった。鼻をかみ、ティッシュを放る。レストハウスにやるせない空気が満ちる――

な～ご。

また鳴き声がして、緊張感が途切れた。

グルーミングを終えた猫はあたしから離れ、今度は兄貴の足元へ寄っていった。スニーカーのそばに丸まると、くつろぐように目を閉じた。

「なつかれたみたいじゃん」

からかい半分に言ってやる。兄貴はおなかの調子が悪いのにガリガリ君を当ててしまったときみたいな、なんともいえない表情をした。……ひょっとして、まんざらでもないのかも。再交渉のチャンス？

あたしは両手を合わせ、さっきよりも真剣に頼み込む。

「ねえ、やっぱ兄貴の家で飼ってくんない？　飼い主もひどい奴だったっぽいしさ。このままじゃこの子かわいそうすぎるよ」

「いや、うちは……」

「相談だけでもお父さんにしてみてよ。お願い」

「だめなんだよ。うちは」

兄貴はコーラを一口飲み、ため息をつくように続けた。

「猫アレルギーなんだ」

「え、そうだったっけ。兄貴が？　お父さんが？」

「そうじゃなくて」

兄貴の唇がもごもご動く。あたしからダンボール箱へ、ダンボール箱から何もない壁へと、ためらいがちに視線が泳ぐ。

「あのさ」

だいぶ経《た》ってから、兄貴は口を開いた。

「親父《おやじ》、再婚するかもしれない」

3

父と母が別れたのは三年前のことだ。

理由ははっきりとはわからない。あたしたちが知らされてないだけかもしれないけど、たぶん本人たちにもよくわかってないと思う。父の無駄遣いとか母の潔癖症とか、小さな不満が積み重なってだんだん口喧嘩が増えてきた。そしてある日、喫茶店で「そろそろ出ようか」と声をかけるときみたいにあっけなく、二人は離婚を決めた。

あたしも兄貴ももう中学生だったし、二人の口喧嘩にも飽き飽きしていたので、特に反対はしなかった。短い話し合いの結果、兄貴は父に、あたしは母に引き取られることになった。お金はきっちり半分に分け、兄貴たちは啄木町にあるもともとの家に残り、あたしたちは山雀町《やまがらちょう》のマンションに引っ越した。トラブルもなくわだかまりも残らない、いわゆる円満離婚というやつだった。

でも。

いま思えば、誰もよく考えなかっただけなのかもしれない。

家族が他人になるってことを。兄妹《きょうだい》が離れ離れになるってことを。

この先、別々の人生を送るってことを。

「そうなんだ」

あたしは答え、もう一度「そうなんだ」と繰り返した。自分の声の調子を確かめるみたいに。

「どんな人？」

「会社の同僚らしいけど、あんまよく知らない。家に来たの一回だけだし。そのときもたいして話さなかったし」

「美人？」

「まあな」

「若い？」

「親父と同じくらい」

「性格は？　いい人？」

「だからよく知らないって」

「じゃ、再婚するなんてわかんないじゃん」

「わかるよ。……それは、なんとなくわかる」

兄貴は不本意そうにうつむいた。

「その人が猫アレルギーってこと？　だからうちには置けないんだ」

「けっこう重症らしくて」

あたしは想像する。あたしが十三歳まで育った家に、あたしの知らない女の人がいる光景を。心臓に鼻をかんだティッシュをつめこまれたような気分だった。わめき散らしたい自分がいる一方で、当たり前じゃんと割り切る自分もいた。

そんなの当たり前じゃん。

もう他人なんだから。

真正面に座る兄貴を眺める。ワイシャツの襟は手入れしてないらしく、端がよれよれだった。三年前よりも目元の彫りに深みが出て、ほっぺたのニキビが増えて、体つきも大きくなって——変わってない部分はもう少ない。

離婚の直後、あたしたち家族は二ヵ月に一度くらいの割合で顔を合わせていた。家ではなく、焼肉屋とかレストランとかで。これからも仲よくやってこうぜって感じで話したり、ごはんを食べたりするのだけど、なぜか話題に上るのは最近のテレビとか、あたしたちの学校での話ばかりだった。父も母も、見えない壁があるみたいに互いの新生活の話題を避けた。やがて会う回数は三ヵ月に一度になり、半年に一度になった。

あたしたちの関係はどんどん希薄になる。

それはいいことなのだろうか。

なぜか頭の中で、兄貴の言葉がリピートした。こんな話そこら中に転がってんだし。いちいちかまってらんないだろ。こんな話そこら中に――

「よかったじゃん」

気がつくとそう言っていた。

「そう思うか？」

「だって、お母さんいたほうがいいでしょ」

兄貴は答えずに肩をすくめた。

自動ドアの向こうはいつの間にか夕焼けに染まっている。子どもたちも帰ったらしく、広場には誰の姿もなかった。

夜行性だからというわけでもないだろうけど、兄貴の足元で丸まっていた猫がのそりと身を起こした。あたしのほうへ戻ってきて、さっき食べ終えた缶詰を片足でちょいちょいつつく。

「まだおなかすいてるの？　もう一個食べる？」

「そんないっぺんにやったら腹壊すぞ」

「じゃ、飲み物は。ミルクティーあげちゃだめかな」

「せめて牛乳だろ」

「牛乳……ってでも自販機に」

「いいよ、もう」

兄貴は面倒くさそうに立ち上がり、また自販機へ向かった。今度買ったのはミニサイズのミネラルウォーターだった。

箱の中からエサ用のトレーを取り、水を注いで床に置く。猫はすぐさま寄っていって、舌でぺろぺろ舐め始めた。感謝の素振りはなし。やっぱりちょっとふてぶてしい。でもそんなところが、

「かわいいな」

兄貴がつぶやいた。意外な一言にあたしはまばたきした。

「もっと薄情かと思ってた」

「なんで」

「さっき言ってたじゃん。しかたない～とか、偽善だ～とか」

「いまでも思ってるけど。でも、どうしたってかわいいんだもんな」

投げやりに言ってから、兄貴は「やんなっちゃうよな」とつけ加えた。別にやんなりはしないけど、あたしも「そうだね」と相槌《あいづち》を打つ。

兄貴はテーブルに頬杖《ほおづえ》をついて猫を見下ろす。

「ときどき考えるんだ。こういうかわいさってどっから来んのかなって」

「どっからって、なに」

「犬とか猫とかゆるキャラとかマスコットとか、かわいいものには共通点があると思うんだよ」

「んー、目が大きいこと？」

「人間じゃないこと」

自動ドアの向こうで外灯が灯《とも》った。

「犬でも猫でもピカチュウでもさ、人間みたいな頭身で人間みたいな顔で人間みたいな喋《しゃべ》り方したら絶対気色悪いだろ。人間ってのはたぶん、みんな人間が嫌いなんだよ。自分たちのことが嫌いなんだ」

「つまり、あたしはかわいくないってこと？」

「……いや、そういう話じゃねえだろ」

兄貴はごまかすように顔をしかめた。「そういう話じゃねえだろ」は兄貴がよく使う定番フレーズだ。今日飛び出すのは三回目。やっぱり変わらない部分もある。

「お母さん、知ってるのかな。お父さんの再婚のこと」

「知らないんじゃねえの。最近は連絡取ってないみたいだし」

「ほんとに再婚したらさ……会う機会、減っちゃうよね」

「そうかもな」

兄貴はコーラを飲みほした。猫も水分補給を終えたらしく、その足元へ帰還する。そしてまた、おもちみたいに丸まってしまう。

「猫はいいよな」と、兄貴。「適当に生きられて」

「そんなことないよ。猫だって大変だよ」と、あたし。「捨てられたりさ」

上から目線でうらやましがれるような立場じゃない、となんとなく思った。あたしたちも猫と同じなのかもしれない。ひとりで生きるにはまだまだ無力で、飼い主たちの都合にあらがえない。

「おれが引き取るよ」

そんなことを考えていたせいか、兄貴の言葉をスルーしそうになった。

「え?」と慌てて聞き返す。

「こいつはおれが引き取る。箱ごとうちに持って帰る」

「い、いいよそんな。無理しなくて」あたしは首と手をぶんぶん振った。「だって猫アレルギーなんでしょ。再婚相手」

「そんなすぐ一緒に住むわけじゃないし。何日かなら置いとけるだろ。自分の部屋で隠れて飼う」

「やめなよ。嫌われちゃうよ」

「なんだよいまさら。おまえが飼えって言ったんだろが」

「言ったけどさ……」

再婚なんてものが絡むなら話は別だ。それで相手に兄貴が嫌われでもしたら、あたしと猫のせいみたいなもんじゃん。

「いいよ、兄貴は。とりあえずあたしが引き取るよ。マンションでも一ヵ月くらいならばれないと思うし。そんでやっぱ友達とかに聞いてみる。猫好きはいっぱいいるから、大丈夫」

「いや、いい。おれが引き取る」

「いやあたしが……」

「おれが引き取るって言ってんだろ！」

強い声がレストハウスに反響した。

「そうしなきゃだめなんだよ。最初から、そうしなきゃだめだったんだ」

「…………」

なにこれ。

わけがわからない。まるっきり最初と逆じゃん。

困惑したまま、あたしは思い出したように鼻をかんだ。兄貴にもらったよれよれのポケットティッシュはそれを最後になくなってしまった。次にかむときはどうしよう。トイレットペーパー？　それともいっそ、さっき箱からはがしたメモ用紙を再利用してやろうか。

テーブルに置かれた紙をぼんやり見返す。

オスです。一歳。去勢済み。三種混合予防接種済み。病気等ありません。おとなしいです。拾ってやってください。すみません――

あれ？

最初の違和感はあまりにも些細《ささい》で、単なるあたしの勘違いかと思った。

でも、ひとつひとつを追いかけるうちに勘違いではありえないとわかった。公園の地図をなぞるみたいに記憶の線が繋《つな》がっていく。いやな予感が胸をよぎったけど、もう止まることはできなかった。

ミルクティーを飲みほすと同時に、あたしは答えに辿《たど》り着いた。

「兄貴」

かすれた声で話しかける。

「わかった。この猫、誰が捨てたのか」

兄貴はゆっくりあたしを見た。自販機を見たりうつむいたり、それまでふらふら逃げ回っていた目が、初めてまっすぐあたしを捉えた。あたしも見つめ返す。二人の視線がダンボール箱の上でぶつかり合う。

あたしはそっと指を伸ばした。

「捨てたの、兄貴でしょ」

4

兄貴は長いこと沈黙していた。

歯を食いしばるように口元を強張《こわば》らせて、まっすぐあたしを見つめ続けた。離婚の前夜にさえ見せなかったような、とても真剣でどこか寂しげな目だった。静まり返ったレストハウスの中で、自販機のヴーンという音だけがやたらと大きく聞こえた。

「なんでわかった」

低い声で、尋ねられる。

あたしはメモ用紙を兄貴のほうへ滑らせた。

「猫が箱から出ちゃったときにさ、兄貴言ったじゃん。『大丈夫だろ。おとなしいって書いてるし』って。さっきそのこと思い出して、それでわかった」

「おかしなこと言ってないだろ。実際紙に書いてある」

「書いてあったからおかしいの。だって、兄貴の位置からこの紙が見えたはずないんだから」

自分の視点でばかり考えていたからずっと気づかなかった。

兄貴はあたしの真正面に座っている。二人の間のテーブルには、猫が入っていた四角いダンボール箱が置かれている。そしてメモ用紙は、箱のあたし側の側面に貼られていた。つまり兄貴の位置から正反対の側面に。

会話の流れの中で、あたしはメモ用紙をはがしたり箱の向きを変えたりした。兄貴も飲み物を買うために二回席を立った。でもそれらは、「おとなしいって書いてるし」の発言よりもあとの話。あの発言よりも前、兄貴は一度もあたしの後ろに回り込まなかった。自動ドアからテーブルまで歩いてきたときも、椅子にコートをかけたときも、その椅子に座ったときも、ずっとあたしと向かい合っていた。

それなら、見えたはずがないのだ。

箱にメモ用紙が貼ってあることなんて。そこに猫のプロフィールがまとめてあることなんて。ましてや〈おとなしいです〉の記述なんて。兄貴には絶対にわからなかったはずなのだ。

でも兄貴は、「大丈夫だろ。おとなしいって書いてるし」と言った。

だとしたら、事前にメモ用紙の存在を知っていたとしか考えられない。

「それにさ、よく考えたら最初の一言から変だった。あたしが箱見せたとき『これ……どこで』って拾った場所を聞いたでしょ。なんで兄貴は、あたしが別の場所で猫を拾ったってわかったわけ？　普通さ、あの状況で出されたら、レストハウスの中に捨てられてたんだなって思わない？」

「それだけじゃおれが捨てたとは決めつけられない」兄貴は冷静に言った。「おまえが拾う前におれが猫を見つけて、場所とメモ用紙のことを知ったってだけかもしれない」

「雨は」

「雨？」

「言ってたじゃん。捨てた飼い主は『次の日の天気予報を調べることすらしなかった』って。捨てられた日なんて今朝かもしれないし、一昨日《おととい》かもしれないのにさ。なんで昨日捨てられたって決めつけられるの。猫がいつ捨てられたかを知ってるのは、捨てた本人だけでしょ」

兄貴は答えなかった。あたしはさらに踏み込む。見えない壁を乗り越える。

「再婚相手の話もおかしかった。一回しか家に来たことなくて、ほとんど知らない人なんでしょ。なのに、なんで猫アレルギーってことは知ってたの。それって、その人が家に来たとき症状が出たってことじゃない？　兄貴んちに猫がいたってことじゃん。猫飼ってたんじゃん。ずっと飼ってたんじゃん！　教えろよ、そんくらい！」

だんだん感情が高ぶって、あたしは叩きつけるように叫んだ。

兄貴は猫を飼っていた。

だから兄貴は、あたしが缶詰をあげようとしたときすぐ危険に気づいた。水を飲ませるときもトイレの水道を使わず、わざわざミネラルウォーターを買った。

あたしの中で走馬灯みたいに場面が流れる。コートをすぐ脱いだくせに「ここ冷えるし」と言いだして、公園から離れたがった兄貴。捨て猫を見せたとき動揺しまくりで、「いやな予感してたんだ」とブツブツ言った兄貴。うちでは飼えないと最初から断言した兄貴。猫に顔を向けられて慌てたように目をそらした兄貴。どんな人に飼われてたかって話になったとき、「ひとり暮らしのOL」なんて自分と真逆の存在を答えた兄貴。捨てた飼い主の心理をことごとく言い当てた兄貴。

捨て猫なんてかまうのは間違いだと、自分を納得させるように言った兄貴。

前の飼い主はひどい奴だと言った兄貴。

「嫌いになってペット捨てる奴なんていない」と言いきった兄貴。

なぜか猫になつかれていた兄貴——

「ヘマしてばっかだったなあ」

兄貴はレストハウスの天井を仰《あお》いで、深く息を吐いた。重荷から解放されてほっと胸を撫で下ろすような、そんな吐き方だった。

「親父がペットショップで買ってきたんだよ。一年くらい前に」兄貴は椅子から立ち上がった。「一軒家に一人きりで、やっぱちょっと寂しかったのかもな。最初はこんなちっちゃい子猫で、ほんと手のひらサイズでさ。かわいいのなんのって。いまはもう、ちょっとエサやりすぎたなって感じだけど」

床にかがんで、太っちょ猫のあごを撫でる。猫は目を細め、ごろごろと喉を鳴らす。

「でも三日前に事情が変わった。クニコさんが――親父の同僚の人がうちに来てさ。くしゃみ止まらなくなっちゃって。そのあとはもう、クニコさんを取るかこいつを取るかの二択だよ」

「お父さんは」

「即決でクニコさんだった。それでわかったんだ、再婚考えてんだなって。おれも一応粘ったんだけど聞く耳持たれなかった。この先何度もうちに来るのに、そのたび症状が出たら大変だって言われてさ。里親探す時間もなくて、それで……おれが箱に詰めて公園に」

別れの物語はあっけなかった。

お父さんとお母さんのときみたいに。

「メモ書いたのもおれなんだぜ。おまえおれの字だって気づかなかったろ」兄貴は力なく笑った。「再婚のほうが大事じゃんって割り切ってさ、きっぱり別れたつもりだったんだけど。まさか次の日に再会するなんてなあ。しかもおまえが拾うとか、ありえんわ。マジで」

ごめんな、と。兄貴は小さな声で謝る。

「はいさよならで、それで終わりってわけにはいかないんだよなあ」

猫に言っているようにも聞こえたし、あたしに言っているようにも聞こえた。

兄貴とお父さんが、あたしたちに猫の存在を話さなかったのは当然かもしれない。あたしとお母さんも自分たちの生活のことは話さなかったから。暗黙の了解みたいに、お互い不可侵を決め込んでいたから。

「名前、なんていうの」

「え？」

「その子の名前」

「言ったら笑うよ」兄貴はちょっと顔を赤らめて、「ウイロウ」

「ウイロウ？　なんで」

「な～ごって鳴くから。ういろうは、名古屋名物だから……」

「………」

あたしは口をぽかんと開けてから、思いっきり噴き出した。兄貴の前で心の底から笑うのはずいぶん久しぶりのことだった。

「ばかじゃないのもう。誰がつけたの」

「おれだよ」

「ひどすぎるわ。マジないわ」

「うるせーな、呼びやすいんだよ」

なあウイロウ、と呼びかける兄貴。ウイロウは仏頂面のまま尻尾を振ってそれに応えた。何度も繰り返してきたような、すごく自然なやりとりだった。

「捨てちゃうくらいなら、うちに連絡くれればよかったのに」

「だっておまえんとこは飼えないだろ」

「確かにペット禁止だけど……」

「そうじゃなくてさ。おまえも猫アレルギーだろ」

その一言に驚いて、あたしのくしゃみと鼻水はひっこんでしまった。

離れて暮らして三年経つのに、そんな細かいことを、まだ……。充血した目を手の甲でこする。兄貴はウイロウを抱き上げ、箱の中に戻す。

「そういうわけだから、こいつはおれが連れて帰るよ。しばらく部屋に隠して飼い主探してみる。迷惑かけたな」

「やだ」

「やだっておまえ、それ以外方法は」

「二人で飼おうよ」

提案すると、兄貴は目を丸くした。

「どっかひとけのないとこ探してさ。交代でエサあげてさ。飼い主見つかるまでの間ならいけるって」

「そ、そんなことできるわけないだろ」

「できるよ。だって……だって兄妹じゃん」

もう家族じゃない。一緒に暮らしてるわけでもない。

それでも兄貴とあたしは、どうしようもなく兄妹だから。

兄貴はしばらく悩んでいたけど、やがて観念したようにうなずき、ダッフルコートに袖を通した。

「丸美《まるみ》飲料の社宅覚えてるか？　昔よく遊んだマンション。あそこいま空き家なんだ。物置とかどっか使えるかも」

「いいね。じゃ、そこで」

「おまえんちから遠くなるけど」

「電車で通う。ケーキも食べに来れるし」

子どもっぽい言動がツボったのか、昔と同じように兄貴は微笑《ほほえ》む。あたしも照れ笑いを返す。

「それでいいか？　ウイロウ」

最後に兄貴は、箱の中の猫におうかがいを立てた。ウイロウは名前の由来にもなった呑気な「な～ご」であたしたちに応えた。
鳴き声は、どこか嬉《うれ》しそうだった。

三月四日、午後二時半の密室

1

庭先で天使が踊っていた。

白い陶器でできたその置き物は、確かにガーデニング雑貨の定番だけど、実際に飾ってある家なんて初めて見た。芝生と植木は綺麗《きれい》に刈られ、パンジーやフリージアのプランターが彩りを添えている。わたしの家より一回り大きく、でも周りの家と比べるととりわけ大きいわけじゃない。歩くだけでたじろいでしまうようなニュータウンの一角が彼女の住所だった。

表札の苗字《みようじ》は〈煤木戸《すすきど》〉。なかなかある苗字じゃないし、やっぱりここで間違いない。

インターホンを押す。応答を待つ間、なんとなく空を見上げる。コンクリートを塗りたくったような灰色の天気は、記念日にはあまりふさわしくなかった。

『はい』と、聞き覚えのある声がした。本人が出るとはちょっと意外だ。

「あ、煤木戸さん？　草間《くさま》です。三年五組の」

名前を覚えてもらってないかもと思い、とっさにクラスをつけ足した。

『なに？』

「証書と、アルバムを、預かってきたので。あの、一応……」

『ああ』少し間《ま》があいて、『ポストに入れておいてくれる？』

「ポストですか。ポスト……ええと、入るかなこれ」

ためらっていると、ため息まじりに『わかった』と声が言った。

『じゃ、中に入ってきて。裏のスミレの下に合鍵あるから。私の部屋は階段上がってすぐ左』

プツン、と通話が途切れる。

わたしは一拍遅れて「はい」と答えることしかできなかった。

おそるおそる門を開ける。ブンブンうなる室外機とガスメーターの横を通り、裏庭へ。スミレの鉢植えを持ち上げると確かに鍵が隠してあった。初めて手にするよその家の鍵からは、肌になじまぬような不思議な冷たさを感じた。

「おじゃましまあす……」

表に戻って鍵を開け、中に入る。

下駄箱の花瓶のヒヤシンスが強すぎるにおいを放っていた。右側のすぐそばのドアはリビングらしいけど、人影がないことがガラス越しにわかる。左側には階段があって、少し奥にはインターホンの受話器と印象派っぽい絵（さすがに本物ではないと思う）がかかっていた。

ローファーからスリッパに履き替え、階段を上っていく。家の中は静まり返っていた。手に持った花束の包装フィルムがガサガサと音を立てるのが、なんだか恥ずかしかった。二階にはまっすぐ廊下が延びていて、左右にドアが二つずつ向き合っていた。一階と違って絵や花は飾られていない。左側の手前のドアをノックすると、「どうぞ」と返事があった。

今度は「失礼しまあす……」と言いながらドアを開ける。

温度も湿度も変わらないのに、空気の質が――というよりも、空間の質みたいな何かが変わるのを感じた。

単に、わたしの緊張が強まっただけかもしれないけれど。

八畳くらいの洋室だ。二ヵ所ある窓はどちらもカーテンが閉じていて、蛍光灯の明かりだけが部屋を照らしていた。カーテンの色はミントグリーンで、壁紙は真っ白。ほかのインテリアもホワイト系の落ち着いた色でまとめられている。

左側にはシンプルな片袖デスクと、人間工学に適《かな》ってそうなひじ掛けつきの椅子。デスクの上にはパソコンとペン立てと数冊のノートだけが置かれている。廊下側にある本棚には、本と漫画とＣＤが綺麗に整頓されていて、合間合間にクマや、カエルや、ウサギの被《かぶ》り物をした黒猫のぬいぐるみが座っていた。

右側にはクローゼットと、液晶テレビが載った横長のローボード。テレビの周りには化粧品や雑貨などの小物がまとめられ、ローボードの中には書籍にまじって任天堂のゲーム機がしまってある。ローボードの脇にはダイソンの空気清浄機。エアコンもそれも動いてないのに、すえたにおいはまったくせず、石鹼《せっけん》の残り香みたいなほのかな香りを感じた。床はフローリングだけど、大部分には薄手のカーペットが敷かれていて、真ん中にはソファー代わりに使えそうな大きなビーズクッションが鎮座していた。

クローゼットの前には数枚の洗濯物が重ねられていて、そこだけ少し生活感がある。でもたたみ方が丁寧なので、まるで服屋の商品みたいだ。ほかに、床の上には何もない。壁にはどこかの星空を写したA2サイズのポスターと、かけ時計と、木製のハンガーフック。四つあるフックにはハンドバッグやマフラーが場所を奪い合うことなくぶらさがっている。余計なものが少なく、ところどころ個性があり、汚くも埃《ほこり》っぽくもない。落ち着いた雰囲気の素敵な部屋だった。

ドアの正面には横向きのベッドがあり、そこにパジャマ姿の女の子がいた。

布団をかけたまま上半身を起こし、片手でスマホをいじっている。細い体つきに男子みたいなショートヘア。ノーメイクのはずなのに普段と印象はあまり変わらず、存在意義を問いかけるような黒々とした目がわたしを見つめていた。もともと色白だと思っていたけど、今日の彼女の肌はことさら青白い。熱っぽさと息苦しさのせいか胸元のボタンは三つ外されていて、切りそろえられた黒い前髪の隙間からは熱さまシートが覗《のぞ》いていた。

「閉めて」

わたしが何か言うより先に、煤木戸さんが言った。

「ドア、閉めて。鍵も。開いていると落ち着かないんだ」

「あ、はい」

言われるままドアを閉め、つまみをひねって施錠した。内側からだけかけられるタイプみたいだ。おずおずと二、三歩ベッドに近づく。会話が切り出せず突っ立っていると、「座れば？」と言われた。

クッションを使おうかどうか迷い、結局使わずに、カーペットの上に正座した。

「わざわざ来たの？」

「一応、クラス委員なので」

「さっき卒業したんだろう。もうクラスも何もないと思うけど」

……そういえば、そうだ。

「でも、一応、誰かが届けないといけないし」

「ほかには誰も届けたがらなかったってわけ」

「あ、いや、そういうわけじゃ」

慌てて否定したが、それ以上の言葉は続けられなかった。わたしは「クラス委員なので」と、また無意味に繰り返した。

煤木戸さんはスマホを閉じて、枕もとのトレーに置いた。トレーにはほかに、水のペットボトルと、体温計と、薬と、替えの熱さまシートが載っている。

「風邪、大丈夫？」

「午前中まではつらかったけど、いまはだいぶよくなった。熱も下がってきたし」

「そうですか。それは……よかったね」

言えたのは、それだけ。

式に出られなくて残念とか、写真を一緒に撮りたかったとか、お定まりの言葉がいくつか浮かんだけど、声に出さずに呑《の》み込んでしまった。また、見透かされそうな気がしたから。

煤木戸さんはそういう人だ。

嘘《うそ》や馴《な》れ合いを嫌い、常にはっきりとものを言う人。呑気《のんき》なわたしたちとは相容《あいい》れない、孤高の雰囲気をまとった人。もっとオブラートに包まず言ってしまえば、空気の読めない困った人。

クラス替え初日のＬＩＮＥ交換会を「人柄より先に連絡先を知りたくはない」と断っ

たり、ノートを見せてほしがる子を「寝ていた君が悪い」とばっさり斬《き》ったり、学園祭の演劇に「シラーの『群盗』」と硬派すぎる提案をしたり。教室を凍りつかせた回数は数えきれない。かっこいいなあと思う一方で、クラス委員としてはもっとみんなと仲よくしてほしくもあり、でも気弱なわたしに言えるはずもなく、煤木戸さんが譲歩するはずもなく。ビーズでできた宝石の中にひとつだけ本物がまざっていて、ごっこ遊びを楽しみたいのに躊躇《ちゅうちょ》してしまうような、そんなもどかしさを抱えたまま高校最後の一年間は終わった。

今日の式、水薙《みずなぎ》女子高等学校第四十六期卒業式を彼女が風邪で休むと知らされたときも、そっか、とか、やっぱり、みたいな感想が飛び交っただけで、クラス内に動揺はなかった。むしろほっとするような空気があった。

「ま、とりあえずありがとう」

煤木戸さんのお礼はおざなりだった。

「お茶を出したいとこだけど、悪いね。いま、家に私しかいなくて」

「いえいえ、ぜんぜんおかまいなく」

わたしは大げさに首を振った。それを最後に会話が止まる。えーと、何か話題はないだろうか。

「煤木戸さんちって、四人家族？」

わたしが聞くと、煤木戸さんは警戒するように顔を曇らせた。

「なんで知ってるの」

「いやあの、リビングの。テーブルの椅子が、四つあるのが見えたので」

「……草間さん、変なとこで目ざといね」

ああ、引かれてしまった。すみませんと小声で謝る。わたしも空気を読むのはあまり得意じゃない。

「そうだよ。四人家族。両親と私と姉。父さんは仕事。母さんはパート。姉さんはインド」

「インド？」

「彼氏と旅行だって。ゾウに踏みつぶされればいいと思うよ」

「彼氏と……。お姉さん、社会人？」

「大学二年生。私の二つ上」

はああ、と感心したように息を吐いてしまう。わたしも来月から大学生だけど、二年後の自分が彼氏を作ってインドへ旅行に行っているかというと、そんな自信はまるでなかった。

ゴホゴホと煤木戸さんが咳《せ》き込む。彼女は枕《まくら》もとからティッシュを一枚取り、口元にあてた。煤木戸さんのベッドは枕もとも片付いていて、薬や体温計が載ったトレーのほかにはティッシュ箱と目覚まし時計があるだけだった。ティッシュ箱にはモコモコのカバーがかかっている。目覚まし時計は上部にベルのついたレトロでかわいい形。わたしの部屋の目覚ましは四角いデジタル時計だし、ティッシュ箱もむき出しで、枕もとには読みかけの漫画や雑誌が積み重なっているのだけど。

「ゴミ箱取ってもらえる？」

デスクの下を示される。これまたかわいい形の、小さくて丸いゴミ箱があった。「あ、はい」と答え、煤木戸さんに渡す。

「ごめん」煤木戸さんはティッシュをゴミ箱に捨てた。「まだ少し痰《たん》が絡むんだ」

「あー痰はつらいよね」と、また無意味な相槌《あいづち》。「風邪、いつからひいてたの」

「三日くらい前。ずっと寝込んでた。受験のあとで助かったよ」

「大変だったね」

「大変ってこともないけど。普通の風邪だし」

「……えっと、ほかに何かしてほしいことある？」

「別にいいよ、無理に世話焼かなくても。花も持って帰って。置くとこないから」

「え？」

「その花束だよ。お見舞いでしょ？」

「いやこれは、後輩がわたしに……」

わたしは花束の角度を変え、〈草間先輩へ　ご卒業おめでとうございます　真田《さなだ》〉と書かれたメッセージカードを見せた。

数秒間の沈黙が流れる。

「そう」

「ご、ご、ごめんなさい」

土下座も辞さぬ勢いで謝罪するわたし。それから手土産《てみやげ》のことを思い出し、

「で、でも！　あのですね、そこのケーキ屋さんでこれを買ってきました。よろしければ、どうぞ」

ケーキ屋さんの紙袋を差し出した。その店名を見て煤木戸さんの顔が輝く。

「〈デルタ〉のショートケーキ？」

「あ、いや、プリンです」

「……そう」

「か、風邪なら、プリンのほうが、食べやすいかなあと」

ケーキのほうをご所望だったようだ。わたしは恐縮しまくりながら〈デルタ〉の自家製カスタードプリン（二個入り六百八十円）を手渡した。煤木戸さんは「ありがと」と言いながら受け取り、壁の時計に目をやった。午後二時三十分。

「いただいてもいい？」

くる。

「どうぞどうぞ。冷たいうちに」

煤木戸さんはプリンとプラスチックのスプーンを取り出し、紙袋をわたしに返して
「草間さんも食べなよ」

「え、いいの」

「君が買ってきたんでしょ」

もう一個はご家族用のつもりだったのだけど。まあ全員留守なら、いいかな……。小腹もすいていたので、おとなしく紙袋を受け取る。容器のフタを開け、「いただきます」と声をそろえた。

〈デルタ〉のショートケーキがどれほどの逸品かは知らないけど、プリンは普通においしかった。ゆるめの生地と濃厚なカスタード、焦がし風味のカラメルソース。こんな状況でなかったらもっとおいしかったかもしれない。煤木戸さんの部屋で、煤木戸さんと二人きりでおやつを食べている。彼女はパジャマ姿で、わたしはセーラー服の胸に造花をつけたままで。あまりにも変な状況で落ち着かない。

ポスターあるけど星が好きなのかな。あの椅子、高そう。バッグとか意外とかわいいなあ。どこを向いても煤木戸さんの私生活が垣間見《かいまみ》え、いろんなことを考えてしまう。さっきかけた内鍵の存在がなぜか意識され、そわそわと眼鏡を押し上げた。壇上で証書

をもらうときでもこんなに緊張しなかったと思う。

わたしたちは黙々とスプーンを口に運ぶ。食事中に交わした言葉は「足、崩せば？」「うん」だけだった。正座をやめてようやく使ったクッションは、プリンと同じくらい柔らかかった。

「ごちそうさま」

「ご、ごちそうさま」

二人同時に食べ終え、スプーンと容器をゴミ箱に捨てる。煤木戸さんはトレーのペットボトルに手を伸ばし、ミネラルウォーターを飲んだ。こくこくと鳴る喉をわたしはぼんやり眺める。

「ほしいの？」

「あ。いえ、大丈夫です」

「そっか。感染《うつ》っちゃうもんね」忘れてたとでも言いたげに、彼女は指先で唇に触れ、

「下、行く？　麦茶くらいなら冷蔵庫にあるけど」

「いえいえそんな、お気遣いなく。安静にしててください」

また「そう」とだけ返す煤木戸さん。遠慮しすぎだろうか。帰りたがってると思われてしまったかも。でも実際、わたしは帰るタイミングを見計らっていた。

挨拶《あいさつ》して、容態《ようだい》を聞いて、お見舞いも渡した。ついでに一緒にプリンも食べた。あと

は証書とアルバムを手渡せば、義務はすべて果たしたといえる。それとも、もう少しいるべきか？　煤木戸さんはいま、家にひとり。病人をひとりだけ残して立ち去るというのは薄情だろうか。

いや、きっといたほうが迷惑だ。最初なんてポストに入れてほしがったくらいだし。うん、早めにおいとましよう。だって風邪も治りかけっぽいし、ひとりにしても心配は――

ふと、疑問が浮かんだ。

風邪で卒業式を休んだ煤木戸さん。

人でもつらそうな様子はなく、プリンよりもケーキを食べたがるくらい食欲旺盛で、人に感染《うつ》しちゃうかもという自覚も薄い。そして煤木戸さんは、学校内に友達が少ない。

わたしの眉間《みけん》に力がこもる。彼女の額の熱さまシートや、脇に置かれた風邪薬を見つめながら、心の中で問いかけた。

――煤木戸さん。

あなた、本当に風邪ひいてる？

2

言うまでもなく、卒業式は大切なイベントだ。

証書をもらって式辞を聞いて校歌を歌って写真を撮って、花束をくれる後輩や告白される子まで現れて（うちは女子校なのでガチ告白は少なめだけど）、泣いたり笑ったりしながらなんだかんだで卒業していく。高校生活の大団円。最後を飾る一大行事だ。

少なくとも、わたしにとっては。

彼女にとってはどうだろうか。

馴れ合いを嫌い一匹狼《いっぴきおおかみ》を貫く煤木戸さん。彼女にとって、卒業式とはそれほど大切なイベントだろうか。敬遠されながら孤高の三年間を過ごした煤木戸さん。彼女にとって、わたしたちと泣いたり笑ったりするのは、それほど価値のある行いだろうか。

卒業式をサボるために、煤木戸さんが仮病《けびょう》を使った——なんてことは、果たしてありえる話だろうか。

ありえるかもしれないと思った。三日前から寝込んでいたと言うけれど、三年生は受験のための自由登校期間に入っていて、ここ一ヵ月ほど学校に来る生徒はまばらである。わたしも登校したのは今日が一週間ぶりだし、煤木戸さんだってずっと登校しなかったはず。なら、三日前から寝込んでいたふりをするのは簡単だろう。ほかにも怪しい点はいくつかある。わたしの勘繰《かんぐ》りすぎ、かもしれないけれど。

ゴホゴホ、と煤木戸さんはまた咳き込む。ティッシュを一枚取り、口元にあて、丸めてゴミ箱に捨てる。一連の動きはまるで台本をなぞるみたいに滑らかだった。

「煤木戸さん。もし風邪ひいてなかったら、卒業式出てた?」

わたしが尋ねると、煤木戸さんは探り返すようにわたしを見た。覗き込む者をためらわせる、大きな黒い瞳。

「草間さんはどう思う?　私が出ていたと思う?」

「わたしは……煤木戸さんにも出てほしかった」

「なぜ?」

「なぜって、みんなそろって卒業したいし」

「みんなそろえばクラス委員の面子《メンツ》が立つから?」

クッションカバーにしわが寄った。

「そ、そんなんじゃ……」

「別に悪いことじゃない。それが委員の仕事なんだから」

「面子とか、そんなのは考えたことないです。クラス委員やってたのだってしかたなくで」

「ここに来たのも？」

心臓に痛みが走る。

日和見《ひよりみ》主義なわたしを断罪するように、彼女の言葉は容赦なく突き刺さる。

「煤木戸さんは、わたしに来てほしくなかったんですか」

「証書を持ってきてくれたのはありがたいと思ってる。でも草間さんが来たくないなら、来てほしくはなかった。プリンとか気遣いの言葉もいらなかった」

「わたしはただ、煤木戸さんが心配で」

「嘘をつかなくていいよ」

「嘘つきはお互いさまでしょ！」

思わず声が大きくなった。煤木戸さんはぎょっとしたように顔を強張《こわば》らせ、「どういう意味」と聞いてくる。わたしは「なんでもないです」と返した。仮病について追及する勇気はなかったし、そもそも仮病だという確信もなかった。

沈黙が部屋を満たす。プリンを食べたばかりなのに、口の中が苦かった。やがて煤木戸さんはわたしから視線を外し、額の熱さまシートをはがした。トレーに載った袋を開け、新たな一枚を取り出す。

「あの」思いついたことがあった。「熱さまシート、替えるんですか」

「そうだけど」

「わたしが替えます」

「え？　いや、自分でできるし」

「だめです！　煤木戸さんは安静にしててください。わたしが替えますから」

怪しまれるのは覚悟でにじり寄る。煤木戸さんは眉をひそめつつ、「じゃあ……」とわたしに熱さまシートを手渡した。

もちろん、突然看護精神に目覚めたわけではない。額にさわれば本当に熱があるかわかるだろうと思ったのだ。仮病を見抜いたとして、それでどうするかはまだ考えていないけれど、とにかくわたしは本当のところを知りたかった。

煤木戸さんの本当の気持ちを、知りたかった。

膝立ちになり、一歩分ベッドに近づく。煤木戸さんは布団をはぎ、ベッドのふちに座ってわたしと向き合う。

肌はうっすら汗ばんでいるけど、ぼーっとしている様子はない。細くて凜々《りり》しい眉ときりっとした目。リップを塗っていない唇は乾燥気味で、不機嫌な子どもみたいにちょっとだけすぼまっていた。

シートを貼りやすいようにとの配慮だろうか、煤木戸さんは顔を突き出して、片手で前髪を持ち上げた。学校での彼女はいつも髪を下ろしている。無防備なおでこを見るのはそれが初めてだった。白くて綺麗ですべすべだけれど、端にひとつだけ治りかけのニキビがある。秘密を覗いているようで、また鼓動がはね上がる。

さりげなさを装いつつ、手を伸ばした。

ぴと。

手のひらが触れた。あまり、熱くない――ような気がする。いや、でもさっきまで熱さまシートが貼ってあったわけだし、熱くないのが当たり前なのか？　考えれば考えるほど右手の感覚は曖昧《あいまい》になってくる。

ほかにないだろうか。手のひらよりも確実で、体温計よりも簡単に熱を測る方法。わたしが熱を出したとき、お母さんがよくやるのは――

わたしは手を引っ込めた。代わりに自分の前髪を持ち上げ、
ぴと。

額と額をくっつけた。

「……何してるの」

鼻先三ミリの距離で煤木戸さんが言った。その吐息が唇にかかり、とたんに自分の行動のまずさを自覚した。

「あ、いやちょっと、熱はどうかなと」

慌てて離れ、あははと笑う。ごまかしたつもりだったのだけど、なんだか怪しさが増してしまった。結局、熱の有無はわからなかった。わたしのおでこも緊張で熱くなって

いたから。

「さっき測ったら三十七度だった」煤木戸さんは律義に答えた。「大丈夫だから。早く貼って」

「は、はい。いますぐ」

熱さまシートのフィルムをはがし、ようやく本来の作業に入る。目を合わせるのが恥ずかしくて、クールダウンのため視線を落とすと、ボタンの開いた胸元を上から覗き込む形になってしまった。ほんの少しだけ汗のにおいがする。指がうまく動かず、熱さまシートがくしゃっと歪《ゆが》む。

「まだ？」

「待ってください。しわが……」

人に熱さまシートを貼るのってこんなに難しかったっけ？　あたふたとしわを伸ばすわたし。煤木戸さんは手持ち無沙汰《ぶさた》をごまかすようにミネラルウォーターを手に取り、キャップをひねる。

「はい！　できました」

ようやく納得いく出来映えになり、腕を下ろしたとき、わたしの手が煤木戸さんの手にぶつかった。

あ、と叫んだときにはもう遅かった。ペットボトルがひっくり返り、飛び出た水が煤木戸さんのパジャマにかかった。

「ごっごごごめんなさい！」

「いいから。拭《ふ》くもの、拭くもの」

素早くペットボトルを起こす煤木戸さん。わたしは四連続でティッシュを引き抜き、彼女の胸にあてた。パジャマはびしょ濡れ状態で、あまり効果はなかった。

「き、着替えましょう」

「え？　いいよ別に」

「でもわたしのせいで風邪が悪化したら」

「……じゃ、そこからTシャツか何か取って。なんでもいいから」

うんざりしたように、煤木戸さんはクローゼットの前の洗濯物を指さす。

わたしは百メートル十秒くらいの速さでクローゼットの前に移動し、重ねられた洗濯物を調べた。どうやら三枚目がTシャツだった。スペイン語か何かのロゴが入ったVネックT。よそ行きかな？　まあ着れればなんでもいいだろう。

「これ、どうぞ」

ひっぱり出して、煤木戸さんに投げたとき。

Tシャツと一緒にもう一枚の洗濯物が飛び出て、カーペットの上にぱさりと落ちた。

下着だった。

高そうな黒いショーツだ。驚くほど小さくて、紐《ひも》とレースだけでできているような頼りない作りで、下のカーペットの色がうっすら透けていた。

「………」

煤木戸さんは何事もなかったかのようにTシャツを受け取り、パジャマの上を脱いだ。その下も過激なブラだったらどうしようと思ったが、普通のキャミソールだった。

わたしは平静を装おうとしたが、どうしても目線がカーペットの上に行ってしまう。いたたまれなさに耐えきれず、下着を拾って洗濯物の中に戻した。それからクッションの脇に正座する。Tシャツに着替えた煤木戸さんは布団に足を入れ、最初と同じ上半身を起こしただけの体勢に戻る。

凍った時間はなかなか進み始めなかった。

「わるい？」

沈黙を破ったのは煤木戸さんだった。わたしのほうは見ずに、壁に向かって話すような言い方。

「いやいやいや、いいです別に。ぜんぜんいいです」

頭が取れそうな勢いで首を振る。意外と遊び人なのかもとか学校にもはいてきてたのかとかほかにも持ってるのだろうかとか、余計な邪推を吹き飛ばすように。もちろんファッションの好みは人それぞれだし煤木戸さんがそういう趣味を持っていても驚く必要なんてまったくない。だから大丈夫。わたしは。ほんとに。

体中が熱かった。煤木戸さんの頰《ほお》も赤い。たとえ仮病でも、いま熱を測ったら三十九度くらいあるかもしれない。

「エ、エアコンつけましょうか」

「好きにして。リモコン、そのへんにあるから」

ローボードを指さす煤木戸さん。テレビの横にまとめられた小物の中に、白いリモコンも置いてあった。十七度に設定してボタンを押す。

送風口が開くときの低い音を聞きながら、わたしはローボードの上を眺めた。ペンギンのスマホスタンド。ディズニーで買ったらしきドナルドダックの人形。シルバーのペンダントがいくつかと、カナル型のイヤホンがひとつ。折りたたみ式の手鏡に、オルビスの化粧水に、資生堂のリップグロスとヘアミルク。雑貨やフィギュアは前側に、日用品は後ろ側に置く形で、綺麗に並べられている。化粧品が少ないのが印象的だった。メイクしないのにこんなに美形なのか。隅には延長用の電源タップがあって、コードが三本伸びていた。テレビとゲーム機と空気清浄機。なぜわかるかというと、絡み合っていないから。わたしの部屋のタコ足配線とは大違いだ。

テレビの下、ゲーム機と数本のゲームソフト（ゼルダシリーズが好きらしい）の両脇には、分厚い本が並んでいる。小説や漫画ではなく、『物理化学入門』『哲学思想の50

人』『消費社会の神話と構造』といった教養書だった。煤木戸さんは成績も上位で、確か春望《しゅんぼう》大学の理工学部に受かったと担任の先生が話していた。だから理系の本があるのはまあわかる。哲学や社会学の本は、興味があるから買ったってことだろうか。

「煤木戸さんて、やっぱり大人」

「な、なんで」

「あ、いや。変な意味じゃなくて」下着の趣味とかではなくて、「いろいろかっこいいから。部屋のセンスとか、本の趣味とか」

「別にそんなことは……」

心外だとでも言いたげに、膝を隠す布団がもぞもぞ動いた。わたしの視線は本棚へと移る。コミック文庫、海外小説、年季の入ったCDが多い。竹宮恵子《たけみやけいこ》、吉田秋生《よしだあきみ》、サミュエル・ベケット、パトリック・レドモンド、カヒミ・カリィ、ストロベリー・スウィッチブレイド。わたしの知らない名前が、あるいは知っているけど手に取ったことのない名前が、レーベル別に並べられている。

「あのJ・G・バラードって、どんな作家？」

「海外の作家」

「………」

そりゃ、日本人ではないだろうけど。

「CDも、けっこう古いのあるよね。どこのお店で買うの？」

「ネットとかで適当に」

「あ、あのぬいぐるみもかわいい。なんていうキャラ？」

「なんでもいいだろ」

突き放すように言って、煤木戸さんはスマホをいじり始めた。まるで、わたしの存在がこの部屋から消えてしまったみたいだった。

実際、消えるべきなのだろう。

わたしはたぶん長居をしすぎた。煤木戸さんに迷惑をかけまくってしまった。下着はもちろん、本や音楽も煤木戸さんにとってはプライベートな領域で、わたしなんかにほじくられたくはないのだろう。

当然だ。

わたしたちはただのクラスメイトで、友達じゃない。いや、もう卒業したのだからクラスメイトですらない。

単なる他人同士なのだから。

時計は二時五十分を指している。この部屋に三十分近くいた計算になる。充分だ、と思った。何をもってして充分なのかはわからないけれど、そう思った。

「えっと、じゃあ、帰るね」

「うん」

「じゃあ、これ。あ、あと鍵も」

スカートのポケットから合鍵を、バッグから卒業証書を収めた筒と函《はこ》入りの卒業アルバムを出し、煤木戸さんに手渡す。彼女はアルバムの表紙をめくり、

「〈クラス委員おつかれさま。和田《わだ》〉」急に何かを読み上げた。「〈三年間楽しかったよ〜。またバドミントンしようね。佐々岡《ささおか》〉」

「え？　あ！　ごめんなさいこっちです！」

自分のアルバムも一緒にバッグに入れていたので、間違えてしまった。この期に及んでミスを重ねるとは本当に消え去ってしまいたい。慌ててもう一冊のアルバムをひっぱり出す。だが函の背中側を持ったため、中身がするりと滑り出て床の上に落ちた。

「わ、わ、わ」と叫ぶわたし。そのテンパり具合がおかしかったらしく、クールな煤木戸さんも笑い声を漏らす。

「草間さん、よくクラス委員が務まったね」

「いや普段はちゃんとしてるんです。今日はその、もう卒業したし」

証書のほうは大丈夫だろうか？　そっちは確かに煤木戸さんのものを渡していた。床のアルバムを拾い上げ、開いてしまったページをはたこうとする。

「…………」

そのとき、表紙の見返しページが目に入った。

卒アルが配られたあと、わたしたちは表紙の見返しページにメッセージを書き合った。わたしの見返しページは三十八人分のメッセージやイラストで埋まっていて、先ほど煤木戸さんが読み上げたのはその一部だ。

でも、煤木戸さんの見返しページは真っ白なまま。卒業式に出なかったのだから当然といえば当然だけど、いくら孤高の煤木戸さんといえど、これは少し寂しいかもしれない。

「ちょっと待っててください」わたしはペンケースを取り出した。「メッセージ、書くので」

「メッセージ？」

「卒業なので、一言。一応」

「一応って」煤木戸さんは何か言いたそうだったが、考え直したように息を吸い、「じゃ、私も君に向けて書く。ペン貸して」

手を差し出した。わたしは意外に思いながらもう一本ペンを出して、彼女に渡した。

二人同時にキャップを外す。

親しくないもとクラスメイトに向けてメッセージを書く。これも、煤木戸さんに言わせれば嘘になるのだろうか。わたしの衝動はクラス委員の面子を守るための、優等生ぶった偽善にすぎないだろうか。わからない。ついでに言えば、何を書けばよいかもわからなかった。わたしと煤木戸さんとの関係はそれくらい希薄で、氷の溶けきったアイスコーヒーみたいだ。

　それでも必死に記憶を掘る。煤木戸さんと過ごした一年間のことを。彼女との接点を。煤木戸さんと交わした言葉を――

　ひとつだけ、思い出すエピソードがあった。

3

〈煤木戸さんへ
　ご卒業おめでとうございます。一年間同じクラスで過ごせてよかったです。

　実を言うと、わたしが大学に合格できたのは煤木戸さんのおかげかもしれません。

　夏休みに学校で夏期講習がありましたよね。わたしも煤木戸さんと同じ数学の講習を取っていました。休憩時間に二人でちょっとだけ話したのを覚えていますか。

　あのころのわたしは模試の点数が伸びなくて、受験勉強にも疲れて、いろんなことを投げ出したくなっていました。でも、煤木戸さんの一言でやる気を取り戻すことができました。すごく感謝しています。常に本質を見抜く煤木戸さんはかっこよくて、憧れます。

これからもお元気で。

草間より〉

書き終えてから読み返すと、それはひどく他人行儀なメッセージだった。クラスメイトに向けたものだとはとても思えない。最初の「よかったです」とか後半の「かっこよくて」は余計だったかもしれない。でも、サインペンで書いてしまったのでもう直しようがない。

煤木戸さんのほうはとっくに書き終えていた。わたしたちはアルバムを交換する。何が書かれているのか、ちょっとどきどきしながらアルバムを開く。

〈草間さんてけっこう面白い人だなと、今日思いました。　煤木戸〉

煤木戸さんからのメッセージはたったそれだけだった。ほめられてるのか、馬鹿にされてるのか……。

「夏期講習の休憩時間？」煤木戸さんのほうもわたしのメッセージを読んで、ピンとこない様子だった。「私、何か言ったっけ」

「え、覚えてないの」

思わずあきれ声が出た。まあわたしも、ついさっきまで忘れていたのだけど。

夏の真っただ中。お昼過ぎ。冷房があまり効いてなくて、窓越しに聞こえる蟬《せみ》の声が暑苦しかったのを覚えている。隣の席にたまたま煠木戸さんが座っていて、ほかに話し相手もいなくて。わたしはコンビニのおにぎりを食べながら、受験生にとって最もありさわりのない話を——つまりは勉強がめんどくさいという話をした。

——こんなの勉強して何になるんだろ。日常生活でなんにも役に立たないのに。

全国の高校生が古文単語や数学の公式を覚えながらぼやくような、本当にありふれた愚痴《ぐち》だった。けれど煠木戸さんは、同意も愛想笑いも返さなかった。

——そんなの当たり前だよ。

参考書に目を落としたまま、彼女はそう言った。

——勉強って、武術の修行みたいなものだと思う。日常生活のために学ぶんじゃなくて、もしものときのために学ぶんだ。悪い奴らと戦って自分や家族を守れるように。だから、日常で役に立たないのは当たり前。

——悪い奴ら？

——ニセ科学とか、マルチ商法とか、政治家の嘘とか。知識がなきゃ騙《だま》されちゃうだろ。

会話はそこで終わった。煤木戸さんは参考書をめくり、わたしは「ふうん」とだけ答えた。けれど体の中には、すとんと腑《ふ》に落ちる感覚があった。

午後からの授業は、カンフー映画の主人公になったような気持ちで取り組んだ。

「あー、言ったかも」

ようやく思い出したらしく、煤木戸さんは恥ずかしそうに頬をかいた。

「あれは私の言葉じゃないっていうか、姉さんの受け売りで。その姉さんも大学の教授から聞いたって。だから、私のはただの孫引き」

「そうなんだ。でも、煤木戸さんに言われたからなんか説得力があった」

「買い被りだよ」

煤木戸さんはわたしのメッセージに目を落とし、「かっこよくなんてないし」とつけ加えた。どうも彼女は、ほめられるたび不機嫌になるようだ。たおやかな指が、新品のアルバムをめくっていく。ノリのはがれるペリペリという音が部屋に響く。

「卒業式、どうだった？」

「どうって……別に、普通」

改めて「どうだった？」なんて聞かれると、そう答えるしかなかった。

証書をもらって式辞を聞いて校歌を歌って写真を撮って、後輩に花束をもらってみんなでメッセージを交換したけど、何か特別なことが起きたわけじゃない。わたしは涙を流さなかったし。

「普通、か」

「あ、でも退屈だったってわけじゃなくて。やっぱり出たほうがよかったと思う」

わたしはとっさに言い足した。

「三年間通ったのに卒業式に出ないっていうのは……なんかこう、プリンを食べたのに容器はほったらかしみたいな、そういうことだと思う」

「それは誰の言葉？」

「わ、わたしのオリジナルです」

「草間さん、やっぱり面白い」

「そうですか？」

「普通、卒業のたとえって、羽ばたく鳥とか新しい扉とか、そういう感じだろ。プリンの空き容器にたとえる人なんて草間さんくらいだよ」

煤木戸さんはカーテンの閉じた窓に視線を流す。

「でも、いいたとえだと思う。鳥よりずっと的確な気がする」

わたしは、この家に入る前に見上げた光景を思い出した。灰色の空に鳥は一羽も飛んでいなかった。

「草間さんは、卒業して寂しい？」

「……煤木戸さんは寂しくないの？」

「わからない。たぶん、少しほっとしてる」

彼女はアルバムを閉じた。

「息苦しさから解放されたっていうか、密室から脱出できたみたいな。そんな気分」

「高校、楽しくなかったってこと？」

「楽しいとか楽しくないっていうより、なんていうか――気まずかった。三年間ずっと気まずかった」

その表現が気に入ったように、煤木戸さんは繰り返した。

「仲がいいわけでも悪いわけでもない、顔と苗字だけ知ってるって程度の、中途半端な関係のクラスメイトがたくさんいて。そんな人たちと無理に話を合わせながら三年間過ごして。窮屈で居づらくて、気まずかった。青春ってきっと、気まずさでできた密室なんだ。狭くてどこにも逃げ場のない密室」

「…………」

確かに、高校生活の中で気まずい瞬間はたくさんあった。席替えで話したことない子の隣になったとき。隣のクラスの生徒と電車でばったり会ったとき。友達と意見が合わなくて変な空気になってしまったとき。すべてを集計したら、楽しかった時間よりもそれらの時間のほうが長いかもしれない。いまだってわたしは、この部屋の中で途切れがちな会話をしている。

「わたしとも、気まずかった？」

尋ねると、煤木戸さんは自虐っぽく微笑《ほほえ》んだ。

「そうだね。私はいま、すごく気まずい」

本気なのか冗談なのかは、わからなかった。

ゴホ、ゴホ。

煤木戸さんはまた咳き込んだ。時計をちらりと見て、トレーから錠剤のシートを取り、手のひらに一錠押し出す。

彼女はそれを口に放り、水と一緒に飲み込んだ。

「え」

わたしは目を丸くした。

薬を、飲んだ。健康体で飲んだら副作用なんかもあるのに。わたしに見せるため？いや、わたしはもう帰ろうとしていた。いまさら病気アピールをする必要はない。てことは、

「煤木戸さん、ほんとに風邪だったの？」

「ほんとにって何。もしかして仮病だと思ってた？」

「だって卒業式、出たくなさそうだったから」

「風邪ひいてなかったら普通に出てたよ。いくら私でもそこまでひねくれてないって。プリンの容器もちゃんと捨てただろ」

ゴミ箱を指す煤木戸さん。脱力感とともに笑みがこぼれた。

「よかったあ。ずっと嘘ついてるんじゃないかと思って……。ごめんね。疑って馬鹿みたい」

「うん……。いいよ、別に」

煤木戸さんは卒アルと証書を枕もとに置き、布団を引き寄せた。

「そろそろ、いいかな。ちょっと眠りたいから」

「あ、はい」

帰ってくれという意味だろう。わたしはすぐに立ち上がった。バッグを肩に通し、花束を抱え上げ、「それじゃ」とだけ言ってドアに向かう。煤木戸さんはわたしを見ることすらなく、さっきと同じようにスマホをいじっていた。

名残《なごり》惜しそうな様子はまったくない。

わたしのほうにはどういうわけか、ほんの少し心残りがあった。

内鍵を開ける前に、煤木戸さんの部屋を振り返る。綺麗に片付いたデスク。知らないタイトルが詰まった本棚。大人っぽい下着が隠れた洗濯物。たぶんもう会うことのないわたしと煤木戸さんだけど、こうして短い時間を過ごせたのはよかったと思う。さよなら、と声に出さずに別れを告げる。想《おも》いは当然のように届かず、煤木戸さんはスマホに目を落としたままだった。

スマホに――

ドアから手を離し、今度は体ごと振り向いた。

もう一度、じっくりと室内を観察する。隅から隅まで目をこらす。十秒と経《た》たずに確認が済み、次の五秒で結論が出た。

「煤木戸さん」

なぜもっと早く気づかなかったのだろう、手がかりはそこら中にあったのに。

「嘘をついてましたね」

煤木戸さんがこちらを向いた。

わたしは部屋の真ん中へと戻った。子どもを諭《さと》すときみたいに優しく微笑み、そして、彼女に問いかけた。

「この部屋、誰の部屋？」

4

煤木戸さんを知ったつもりでいた。

彼女と話して、内側に踏み込んで、煤木戸さんに近づいたつもりでいた。三十分とちょっとを過ごして、メッセージを交換して、友情を育《はぐく》んだつもりでいた。

違ったのだ。

煤木戸さんは何も言わず、ただわたしを見つめていた。わたしが貼った熱さまシートのすぐ下で、凛々しい眉が後ろめたそうに歪んでいた。

「ずっとね、何か変だなって思ってたんだけど」

わたしは話し始める。

「この部屋の中に足りないものがあるの。どんなに片付いた部屋でも、必ず目に見える場所にあるはずのもの。三日間寝たきりなら手の届く位置になきゃおかしいもの。高校生の部屋に絶対あるものが、この部屋にはないの」

「……なに？」

わたしは彼女の片手を指さし、答えを告げた。

「スマートフォンの充電器」

　煤木戸さんは、さっきのわたしと同じように部屋を見回した。

　枕もとにあるのは、ティッシュ箱と目覚まし時計と、水や薬が載ったトレーだけ。電源タップから伸びるコードは、テレビとゲーム機と空気清浄機のものだけ。彼女の手にはスマートフォンが握られているのに、彼女の周りにはそれがない。デスクの上にも、床の上にも、小物がまとめられたローボードの上にも、どこにもない。

「ポータブルのも、プラグがついたやつも見当たらないの。部屋から充電器が消えるときって、外出先に持っていって長時間留守にするときだけだと思う。なら、ここはあなたの部屋じゃない。ここはたぶん――旅行中のお姉さんの部屋」

　化粧品が少ないのも当然だった。インドに持っていったからだ。

「ほかにも変なこと、いくつかあった。たとえばゴミ箱」

　わたしは散らばった違和感を拾い集めていく。Tシャツや卒アルのときみたいなヘマはしたくない。丁寧に、慎重に。

「このゴミ箱、デスクの下にあったよね。取ってって言われて何も考えずに渡しちゃったけど、煤木戸さんが寝たきりなら、やっぱり最初からベッドのそばになきゃおかしいと思う。そうじゃなきゃティッシュとか捨てようがないし。それに、エアコンのリモコンもそう。熱があるときって、つけたり消したり温度変えたり、普通こまめにいじるでしょ。いくら几帳面《きちょうめん》でも枕もとにないのは変」

最初わたしは、これらの違和感は煤木戸さんの風邪が仮病で、寝たきり状態じゃないからだと思い込んでいた。でもそうじゃなかった。秘密はもっと根本にあった。

「エアコンっていえば、室外機もおかしかった」

「室外機？」

「合鍵で入ってって言われて、裏庭に回ったときね。室外機が動いてたの。それって、家の中のどこかでエアコンが動いてるってことでしょ。でも家には煤木戸さんひとりしかいなかった。ならエアコンがついてるのはあなたの部屋のはずだよね。なのに、この部屋のエアコンは動いてなかった」

「君が部屋に入る直前に止めたのかも」

「それなら、部屋の中と外が同じ温度だったのはおかしくない？」

煤木戸さんは、分厚い本を読み終えたときのように息を吐いた。

「草間さん、やっぱり目ざといよ」

「そんなこと言われるの初めてだけど。まだ言ってもいい？」

「まだあるの？」

「ちょっとだけ。作家とかCDとかのこと聞かれたときそっけない態度だったのは、煤木戸さん自身もよく知らなかったからだと思う。それに、そもそも最初の指示も変だった。インターホンの受話器、階段の下にあったよね？　一台だけで、二階にはなかった。

じゃあ煤木戸さんは、一階でわたしと話してたはず。わたしを中に入れたいなら自分で鍵を開ければいいのに、合鍵で入ってって指示を出した。あれはたぶん、時間稼ぎがしたかったんだと思う」

わたしを裏庭へ回らせることで、一、二分だけ時間を稼いだ。煤木戸さんはその隙に自室へ戻り、必要最低限のもの——スマホと薬類の載ったトレーだけを持って、お姉さんの部屋へ移動した。この部屋の鍵は内側にしかついていないので、お姉さんが留守なら自由に入れる。

「そのとき、急いでたから充電器やゴミ箱までは頭が回らなかったし、部屋のエアコンも止められなかったわけ。だから、そういうのを全部まとめると、結論は——ここはあなたの部屋じゃなくて、お姉さんの部屋」

「さっきも聞いた」

「そうだっけ？　ごめん」

最後の最後でまごついてしまった。でもたぶん、言いたいことは全部言葉にできたと思う。

わたしは煤木戸さんの返事を待つ。彼女は指先で布団を撫《な》でながら、何か葛藤《かっとう》しているようだった。やがて彼女は、スマホをパジャマのポケットにしまい、トレーや卒アルを持ってベッドから出た。

ドアまで行き、鍵を開ける。

廊下を隔てた正面には、別の部屋のドアが見えていた。煤木戸さんは部屋を出て、そのドアのノブを握った。わたしも彼女の横に並ぶ。

「笑わないでね」

ぼそりと前置きしてから、彼女はドアを開けた。

驚くようなものは何もなかった。

いままでいた部屋と同じ広さで、ベッドやデスクの配置も同じ。ただし、こちらはちょっとだけ散らかっていた。暇つぶしに読んだのだろうか、枕もとには『ちはやふる』のコミックスが積み重なっている。ゴミ箱には丸めたティッシュが山盛り。椅子の背や床の上に放置された衣服。セール品みたいにフックからぶら下がるバッグ類。テレビの周囲にはコスメやスプレーが街を築き、クローゼットの前にはアマゾンの空箱が転がっている。デスクは子どもっぽい学習机で、受験の名残のように参考書とノートに埋め尽くされていた。本棚には堅そうな本もあるけど、半分くらいはわたしにもなじみがあるラノベや漫画だ。CDは少なめ。つけっぱなしのエアコンの暖気と、三日間寝たきりを証明するような、うっすらただよう汗のにおい。コンセプトも統一感もまったくない、ただの雑多な印象の部屋。

要するに、それは。

どこにでもあるような、ごく平凡な部屋だった。

「人を上げられる状態じゃなかったから。姉さんの部屋は綺麗だし、本人も留守だから
いいかなと……。草間さんもそんなに長居しないだろうと思ったし」

ぼそぼそと弁明する煤木戸さん。わたしはちょっとだけ笑ってしまった。

部屋を馬鹿にしたわけじゃない。恥ずかしがる煤木戸さんが、なんだかかわいかった
から。

「わたしの部屋もこんなもんだよ。ぜんぜん普通だと思う」

「そ、そうかな。ほかの子の部屋とか行ったことないから……」

「さっきより落ち着ける」わたしは部屋の中に踏み込んだ。「まだ熱あるんでしょ？

寝なよ」

煤木戸さんはおずおずと動いて布団に入った。ベッドの端を空けてもらい、わたしも
腰かける。

煤木戸さんは水を一口飲み、小さな声で「ごめん」と言った。

「なんか騙すような真似《まね》しちゃって……」

「ぜんぜん。怒ってないし」

わたしは軽く答える。

彼女はビーズの中で輝く宝石で、偽物の中に交じった本物で、だから接しづらいのは

当たり前だと思っていた。でもそれは、わたしの先入観だったのかも。間近で見る彼女は特別でも孤高でもない、この部屋と同じごく普通の少女に思えた。

「セクシー下着もお姉さんのだったんだね。ちょっと安心した」

「あんなの持ってるなんて私も知らなかった。姉さんはすごく大人なんだ。私より美人だし、社交性もあるし、賢いし」

「部屋も綺麗？」

冗談めかして言うと、煤木戸さんも力なく笑った。

「わたしは、煤木戸さんも大人だと思ってた」

「私は、ただの背伸びしたガキだよ」

「そうだったみたい。でも、最後の最後でそれを知れてよかった」

「なんで？」

「煤木戸さんをちょっと身近に感じられたから」

「いまさらそんな……もう卒業なのに」

「うん。でも、よかった」

今日以降、きっと煤木戸さんとはもう会わないだろう。

わたしたちは家の方角も違うし、通う大学も違う。もしどこかですれ違っても、お互い立ち止まることさえないかもしれない。その程度の、希薄で気まずい関係でしかない。

それでもわたしは、今日のことを忘れないと思う。

三年間のロスタイムみたいなこの数十分を。鍵のかかった部屋で過ごした二人きりの気まずい時間を、一生忘れないと思う。華やかに終わった卒業式よりもずっと鮮明に、ずっと克明に覚えていると思う。

気まずさには、たぶんそういう力がある。

「ねえ。写真、撮ろっか」

「写真？」

「卒業写真。二人で一緒に」

「ええ……」

返事より先に、わたしはスマホを構えていた。煤木戸さんはちょっとためらってから、貼ったばかりの熱さまシートをはがして前髪を直した。小市民な素振りにまたおかしさがこみ上げる。

カメラを自撮りモードにして煤木戸さんに顔を寄せる。頬と頬が触れ、彼女の微熱がわたしに伝わる。

シャッター音が鳴った。

「送るからＬＩＮＥ教えてよ」

「あ、うん」

普段やり慣れないからか、ＩＤ交換に手間取る煤木戸さん。それを待つ間、わたしは写真の出来映えを確認する。

即興で撮ったので、素敵な写真とは言い難かった。背後には漫画が積まれてるし、わたしの眼鏡はちょっとずれてるし、煤木戸さんの顔は赤いし。でも二人の表情は柔らかだ。息苦しさも堅苦しさもない、仲のよさそうな自然な笑顔。

かたわらに置かれた卒業証書を見やる。

密室は、どうやら開かれたようだった。

エピローグ

〈千葉・横槍市で通り魔か　学生重傷
2日深夜、横槍市啄木町の取り壊し予定のマンション地下に、男性の負傷者がいるとの匿名の通報が横槍署にあり、署員が急行、男性を保護した。保護されたのは市内在住の学生(22)。調べによると、帰宅途中に何者かに拘束され、数時間にわたり暴行を受けたとみられる。男性は全治8ヵ月の大けがだが、命に別条はない。犯人は顔を隠していたということで、同署は情報提供を呼びかけるとともに——〉

「おまたせ」

僕はスマホから顔を上げた。

古風なフランス窓を背に、私服姿の女の子が立っていた。

ケーブルニットにワイドパンツを合わせた春っぽい服装だが、上も下も寒色系なのでなんだかすごく寒々しい。木漏れ日の中のその姿は、溶け残ったアイスクリームを思わせた。

「おはよう、殺風景《さっぷうけい》」

いつものように挨拶《あいさつ》してから、いまが昼過ぎであることに気づく。殺風景は椅子に座ると、持ち前のビー玉みたいな瞳で、ケーキ屋〈デルタ〉の店内を見回す。

「公園の先にこんな店があるなんて、知らなかった」

「まあ僕ら、こっち側には来る機会なかったからね」

公園には何度も足を運んだのだけど。ほんと、数えきれないくらい何度も。

「加藤木《かとうぎ》くんはどうして知ってたの」

「二組の宗方《むなかた》に教えてもらった。宗方は妹から聞いたって。水薙《みずなぎ》女子のほうじゃけっこう話題の店らしいよ。名物はイチゴまみれのショートケーキで……」

「私ホットコーヒー。加藤木くんは」

「話聞いてた？」

「おなかすいてないもの」

相変わらずの少食である。

「そりゃ僕だって今日は食欲ないけどさ……」

「そうなの？　どうして」

心底不思議そうに首をかしげる殺風景。いや昨日の今日だぞ、ないだろ普通。説明し

ようと口を開きかけたが、徒労に終わる気がしてあきらめた。ともかく何か頼もうとメニュー表に手を伸ばす。そのとき、

「自家製カスタードプリン四個、持ち帰りで」

ショーケースのほうから声が聞こえた。見ると、ショートヘアの女の子が注文しているところだった。

「最近よく買われますね」

「なんだか好きになってしまって」

レジで短くやりとりし、紙袋を受け取って、彼女は嬉《うれ》しそうに店を出ていく。ボーイッシュでクールな見た目とプリンとのギャップが、僕の頭に刷り込まれる。

その流れで殺風景が店員さんを呼んだものだから、

「あ、じゃあアイスティーと……あと自家製カスタードプリンください」

思わず注文してしまった。まあケーキよりは腹に溜《た》まらなくていいだろう。

お互い無言のまま、お冷《ひや》で喉を湿らせる。氷のぶつかる音が風鈴みたいに響いた。僕はスマホのロックを外し、さっき見ていたニュースサイトの記事を開いた。画面の向きを変えて殺風景に渡す。前にもこんなことやったなあ、と思いつつ。

「小さい扱いだけど、もうニュースになってるよ」

「そう」

「どうでもよさそうだな」

「どうでもいいもの」殺風景はさっと目を通し、すぐにスマホを返してきた。「思ったより短いのね」

「何が」

「私たちは十ヵ月以上費やしたのに、向こうが八ヵ月じゃ割に合わない」彼女はテーブルに頬杖《ほおづえ》をつき、抑揚のない声で、「あと二、三ヵ月足しとけばよかった」

「充分だったと思うけどな、僕は」

「加藤木くんは優しいものね」

「優しいんじゃなくて怖がりなんだよ」

店員さんが注文の品を運んできた。

殺風景は湯気の立つコーヒーにミルクを注ぎ、僕はプリンを一口食べた。どこか後ろめたいような気持ちで、舌に溶ける甘みを味わう。

「叶井《かない》さんの家に寄ってきたの」

コーヒースプーンを回しながら殺風景が言った。珍しく遅刻した理由はそれか。

「叶井、何か言ってた？」

「ほっとしたって」

「ほっとした、か」

いろんな意味に取れるコメントだと思った。でも確かに、いまの心境はと聞かれれば、僕も「ほっとした」と答えるだろう。

絵画の飾られた店内を春の陽気が満たしている。穏やかな話し声。ナイフとフォークの軽い音。コーヒーと生クリームのほのかな香り。僕の口から、大きなあくびが漏れる。

「眠れなかったの？」

「昨日は夜更かししたからね」帰ったあともなかなか寝つけなかった。当たり前だけど。「まあでも、これからは寝坊し放題だな。始発にも乗らなくていいんだし」

早朝の公園を歩き回ったり、夜に家を抜け出したり、学生のふりをして大学に潜り込んだり、路地ごとに人通りの数を調べたり、わざわざ都内のハンズまで買い物に行ったり。そういう面倒ごととは無縁の生活に戻れるわけだ。

「そうね」と応え、殺風景はカップに口をつけた。もとからわかりづらい奴だが、今日はいつにも増して感情が読めない気がした。

「殺風景は？　どんな気分？」

「映画のエンドロールを見ながら、席を立つかどうか迷ってるような気分」

「僕だったら、とっくの昔に席を立ってるな」

「もと映研なのに？」

「いつもは最後まで見るけど——今回のは、あんまり愉快な映画じゃなかったから」

「愉快なシーンもあったと思うわ。それ、おいしい？」

唐突に、彼女は僕のプリンを指さした。

「うん。おいしいけど」

「一口ちょうだい」

僕はプリンとスプーンを差し出す。殺風景は微塵《みじん》の遠慮もなく、残りの半分近くをざっくりすくい取って口に運んだ。そして一言、

「普通ね」

「……趣味が合わないよな、僕らって」

「そうかしら」

黒髪の毛先をいじりながら、殺風景は窓のほうへ視線を流した。

プリンとスプーンがこちらへ戻される。僕はアイスティーを全部飲んでから、容器の底の残りを一気にすくって頬張った。ほろ苦いカラメルソースの味を強く感じた。それからスプーンの先を見つめる。

初めて話したときは、ゼリー飲料の吸い口に目を奪われたりしたはずなのだけど……なんかこういうの、気にならなくなっちゃったな。

ドアベルの音が鳴った。三人組の女子グループが入店して、仲よさそうに喋《しゃべ》りながら、僕らの近くの席に座る。

「ここ、ここ。草間《くさま》先輩に教えてもらったんだ」

「おおすごい。椅子が破けてない」

「すごさの基準が低すぎるだろ」

「大変だよ真田《さなだ》、メニューに写真がついてないよ」

「こういうとこのはついてないんだ。そっちのほうがなんかお洒落《しゃれ》だろ」

「ああっメロンソーダもない」

「こんなとこでも飲む気だったのか？」

「チーズケーキ八百円？　高いねえ。やっぱりいつものファミレスのほうが……」

「大声でそういうこと言うなって」

マイペースな二人の言動に、もうひとりがいちいち突っ込んでいる。お母さんっぽいなあとなんとなく思った。あたりを見回すと、店内の席は少しずつ埋まり始めていた。

「混んできたな」

「人気店ね」コーヒーを飲みほし、殺風景が立ち上がった。「様子を見に行きましょうか」

「何の？」

「マンション。あそこにもきっと人が集まってるでしょ」

「別にいいけど……危なくないかな」

「危ない？　どうして」

また首をかしげる殺風景。実のところ、僕も口でいうほど心配はしていなかった。殺風景に抜かりがないことは、誰よりも僕がよく知っている。今後はこの才能を、もっと別方向に活《い》かしてもらいたいものだ。

予想に反して、マンションにはひとけがなかった。

もともと取り壊し予定で住人は誰もいないのだが、マスコミどころか近所の人たちも集まっていないというのは意外だった。僕らが思っている以上に世間の関心は低いのかもしれない。でも考えてみれば当然のことだ。去年の五月、クラスメイトの身に起きた事件の噂《うわさ》を聞いたとき、僕もへえ、そう、くらいにしか思わなかったのだから。

昔は飲料メーカーの社宅だったらしく、塀には色褪《あ》せたロゴが残っている。錆《さ》びついた遊具。ひびの入った壁。アスファルトの隙間から生えた雑草。太陽の下で眺めるマンションは、なぜか夜よりも不気味に感じた。

問題の地下室の入口は小さな管理棟の中にあって、その周りには規制線が張られていた。警官がひとりだけ立ち番をしていたが、僕らのことはただの野次馬だと思ったらしく、気にも留めない様子だった。僕らも無視して、その横を通り過ぎる。静まり返った敷地内を散歩するようにぶらぶらと歩く。

駐輪場のそばまで来たとき、な〜ご、と鳴き声が聞こえた。

トタン屋根の下に、太り気味の茶色い猫が丸まっていた。「お、いたいた」と、僕。

このマンションに住みついているらしく、下見のころから何度か姿を見かけている。

殺風景がしゃがんで手を伸ばすが、猫は華麗にスルーして僕のほうに寄ってきた。僕は殺風景の冷たい視線に耐えつつ、猫の頭を軽く撫《な》でる。

「ごめんな、騒がしくしちゃって」

気にしてねえよとでも言いたげに、猫はまたな〜ごと鳴いた。

そのとき、建物の角から足音が聞こえた。現れたのはちょっとギャル風の茶髪の女の子だった。マスクをつけ、ビニール袋を持っている。猫は僕から離れると、彼女の足元に駆け寄った。彼女はキャットフードの缶詰を開けて猫に与えた。てっきり野良猫だと思っていたけど、ここで飼われているのだろうか。

僕と彼女の目が合い、なんとなく会釈をし合う。彼女は管理棟のほうを見やって、

「ここ、なんかあったんですか」

「あー、あったみたいですねなんか。男の人が襲われたとかなんとか」

「えっマジですか。殺人事件？」

「いやーそこまでじゃないっぽいですけど」

「半殺しです」

殺風景が口を挟んだ。

女の子は気にした様子もなく、「こわいねえウイロウ」と猫に話しかけている。ウイロウっていう名前なのか。

「なんで襲われたんだろ」

独り言のように女の子が言った。僕は肩をすくめ、「さあ」と答えた。

「よっぽど、犯人の怒りを買ったのかも」

殺風景は我関せずといった顔で、無人のベランダを見上げていた。


次はあ、山雀町《やまがらちよう》う、山雀町にい、停まります。

鼻声のアナウンスが車内に響いた。横槍《よこやり》線の各駅停車は今日も今日とて空いている。取り込み忘れの洗濯物。積み上がったビールケース。ダンス教室の手書きの看板。流れては消える退屈な景色を、僕と殺風景はぼんやり眺める。

始発の電車で殺風景に出くわしたのはもう一年近く前のことだ。あのときはとにかく気まずくて、間《ま》を持たせようと話題を探しまくったのを覚えている。いまは不思議と、その沈黙が怖くない。並んで座って喋らずに過ごす、そんな時間に慣れてしまった。

「あ、伊鳥《いとり》くん」

電車が山雀町駅に停まったとき、殺風景がつぶやいた。

下りのホームにも各停が停車中で、背の低い男子が降りてくるところだった。同じ学年の伊鳥である。先輩だろうか、バンドマンみたいな雰囲気のロン毛の男子と二人で、何か話しながら歩いていく。伊鳥の頭には黒いネズミ耳のカチューシャ。ロン毛男子の手には星が散らばった手提げ袋。

「ディズニー帰りかな」

「みたいね」殺風景は改札に消える二人を見届けてから、「私も今度、遊園地に行きたい」

「なんだよ急に」

「なんとなく。私も、ほっとしてるのかも」

ドアが閉じて、電車が動きだした。僕はディズニーランドに出向いた殺風景の姿を想像する。ミッキーの耳をつけて風船の紐《ひも》を握った、無表情の殺風景。かわいらしい……のだろうか。だいぶシュールな絵面な気がした。

「僕はディズニーよりソレイユランドが好きだな。空いてるし」

「じゃあソレイユにしましょう」

「しましょうって、僕も行くの」

「ひとりで遊園地に行くほど物好きじゃないわ」

「物好きじゃない奴は毎日始発に乗ったりしないだろ」

「必要に迫られたんだもの。それももう終わったけど」

車窓から川沿いの桜並木が見える。土手を埋め尽くす花びらの絨毯《じゅうたん》は、人々の靴に踏み荒らされ、雨の日の下駄箱みたいに汚れている。

「春休みもあと少しね」

「だな」

「加藤木くんは、もう始発に乗らないわけ」

「そりゃ、必要なくなったし」

「私は新学期になっても乗ると思う。早起きに慣れちゃったから」

「そうか。じゃあ……」

言葉を続けようとして、僕はふいに気づいた。

もう、始発に乗らなくていいということ。

早朝の公園を歩き回ったり、夜に家を抜け出したり、学生のふりをして大学に潜り込んだり、路地ごとに人通りの数を調べたり、わざわざ都内のハンズまで買い物に行ったりしなくていいということ。

それはすなわち、殺風景とのつながりが切れるということ。

もともと僕らはそんなに親しい間柄じゃない。かろうじて顔を知っている程度の、希薄な関係のクラスメイトだった。それがある朝たまたま出会って、二十分間だけ話して、なんとなく彼女を手伝うことになったのだから、その手伝いが終わったのだから、もう行動を共にする理由はない。

ないはず、なのだけど。

乾いた舌の上に、なぜかカラメルソースの味がよみがえる。胃の奥がきゅっと締まって、空腹感を自覚する。僕は隣の殺風景をうかがった。出会った当初はたっぷり二人分の距離をあけて座ったのに、いまは肩が触れ合いそうなほど近い。その横顔は相変わらず感情に乏しくて、引き払ったアパートのように殺風景で、何を考えているのかわからない。

でも、いまだけは。

心の中が読める気がした。

「……用もないのに始発に乗って、学校までの時間どうするんだよ」

「公園のレストハウスで受験勉強でもするわ。朝のほうが集中できそうだし」

「あー、それはいいかもしれないね」かゆくもないのに鼻の頭をかいてから、「僕もそうしようかな」

ぼそりとつけ加えた。殺風景は何も言わなかった。代わりに車内アナウンスが『つぎはあ、鶉谷《うずらだに》い、鶉谷い』と鼻声で告げる。電車はもうすぐ僕の最寄駅に着いてしまう。

朝焼けに似たオレンジ色の日差しが、座席に並んだ僕らを照らす。

「そういえばさ。殺風景って、下の名前なんていうの」

「加藤木くんこそ、なんていうの」

何げなく聞いたら、すぐに聞き返された。張り合うような無言の数秒のあと、僕はむしょうにおかしくなって、軽く息を噴き出した。

すぐ横からも、小さな笑い声が聞こえた。

解　説

池上冬樹

いささか個人的な話になるが、書評の仕事をしながら、山形と仙台の大学で文芸の創作論を教えている。毎年たくさんの小説をテキストにして作家のアプローチの分析をしているのだが、年度末に簡単なアンケートをとっていて、テキストとして読んだ作品の中でもっとも印象に残った作品を求めると、決まってベスト3に入るのが、本書収録の青崎有吾「三月四日、午後二時半の密室」である。

それはサンプルが少ないからでは？　と思うかもしれないが、そうではない。古典的な文豪（夏目漱石、志賀直哉、芥川龍之介、梶井基次郎、川端康成）から、戦後日本文学の旗手たち（内田百閒《ひやっけん》、福永武彦、小川国夫、開高健、吉村昭）、現代文学&エンターテインメントの名手たち（向田邦子、片岡義男、藤沢周平、佐伯一麦《かずみ》、椎名誠、逢坂剛、連城三紀彦、小池真理子、角田光代、横山秀夫、三浦しをん、伊坂幸太郎）、さらには海外の作家たち（アーネスト・ヘミングウェイ、レイモンド・チャンドラー、レイモンド・カーヴァー、チャールズ・ブコウスキー、ティム・オブライエン、ローリー・リン・ドラモンド、ブライアン・エヴンソン）などの、およそ五十作を毎年読ませている。そこから選ばれているのだ。

青崎作品とベスト3を争うのは、たいてい吉村昭の「少女架刑」である。亡くなった少女の視点から自分が死体解剖・火葬されるまでを（驚くべきことに）五感をフルに使って冷徹に描いた傑作で、作家志望の学生たちにとっては到達できない境地に近く、あがめるような気持ちで選ばれる。それと比べると、青崎有吾の小説はとても身近で親しみやすい。女子高校生二人の会話劇だが、中盤からミステリとしてたちあがってきて、驚きを秘めた展開となる。何気なく見過ごされてきた細部の一つ一つが新鮮に映り、伏線も回収されて、がらりと様相を変えて、思いがけなくも温かく豊かな感触をえることができる。大学生たちにとっては高校を卒業したばかりの時期の話ということも親しみを覚える所以《ゆえん》だろうが、作品には確実に過ぎ去った時期への郷愁も含んでいて、それがまたほろにがく、また気持ちよいのである。それは「三月四日、午後二時半の密室」だけではなく、本書のほかの作品にもいえるのではないか。

まず、冒頭に置かれているのは表題作「早朝始発の殺風景」。午前五時三十五分、始発の電車がやってきて「僕」が乗り込むと、ガラガラの車内に一人だけ乗客がいた。高校の同じクラスの殺風景だ（殺風景は苗字《みようじ》）。彼女は「僕」が乗る鶉谷《うずらだに》駅の一つ前の始点・鴨浜《かもはま》から乗ってきた。高校の校門が開くのは七時半、朝礼は八時四十分で、彼らの高校は電車で二十分の距離にある。三時間近く何をするつもりなのか。始発の電車に乗っている理由は何なのか。「僕」も殺風景も、自分のことは棚に上げて推理し始める。同じクラスでも苗字くらいしか知らない程度の関係なのに、一体なぜ始発に乗ってどこに向かうのか、目的は何なのかを遠慮会釈なく探り合っているうちに次第に熱をおびて、距離が近づきだす。殺風景の論理的な推理も見事だし、窮地にたたされた「僕」が逆襲に転じて、彼女の行動と目的を探り当てる謎解きも鮮やかだ。彼女の行動の奥にある動機を際立たせて、毅然とした姿をあらわにしているのが、実に印象深い。彼女が苗字に似合わない表情を浮かべるラストシーンにもニヤリとする。

「メロンソーダ・ファクトリー」は、女子高校生三人がファミレスで、学園祭用のクラスTシャツのデザインを決めていく過程で、ある秘密に思い至る話である。何とも優しい手触りの小説だ。ある事実を見つけるだけなのに、それ以上のものがある。人それぞれ違うものをもっていて、それをときに口に出せなくて、でも人はそういう違いを見つけて、距離を開けるどころかいちだんと縮めて親しくなり、本物の関係を築くことがあることを、賑《にぎ》やかで軽やかな会話とともに描き出す。映画を引用して煙《けむ》にまきながら、微笑《ほほえ》みを浮かべ、やんわりと核心にふれる姿勢もいい。温かな、ちょっと百合《ゆり》小説の匂いをもつ佳作だろう。

「夢の国には観覧車がない」は、観覧車のゴンドラの中で、男子高校生二人が駆け引きをする話である。高校の部活の引退記念のために、一、二年を含む部員全員で遊園地に遊びにきて、たまたま三年の「俺」と二年の伊鳥がゴンドラの中に乗り込んでしまうのだが、そこで「俺」の意中の存在である二年の「葛城」をめぐる話が展開する。「早朝始発の殺風景」もそうだが（いや本書に収録されている短篇《たんぺん》は「メロンソーダ・ファクトリー」以外みなそうだが）、たった二人の会話で構成されている。伊鳥が何をたくらみ、何をめざしているのかを探りあてる内容で、注目すべきは葛城の性別が周到に排除されている点だろう。そういう性別で読む話ではない（性別など関係ない）。自分の好きな相手とどう関係を結ぼうとするのか、どうすれば良いのかということを観覧車の中で、後輩の突飛な行動と助言で知るに至り、逆にあるひとつの提案をして物語は終わることになる。人と人との思いを確かめる、ラストの贈り物のような提案が心にしみる。

「捨て猫と兄妹喧嘩《きょうだいげんか》」は、捨て猫を拾った妹が兄に電話して、兄にひきとってもらおうとする話だが、もちろんそう簡単にはいかない。二人は同居していない。両親が離婚して、妹は母親と、兄は父親と住んでいて、それぞれの事情がある。その事情が、捨て猫をめぐる謎を解き明かすことによって次第に見えてくる。本書に収録された短篇はみな日常の謎を解き明かす日常系のミステリであるが、些細《ささい》な台詞《せりふ》を見逃さないでしかと捉え、そこから真相へと至るのが実に頼もしい。

そして、「三月四日、午後二時半の密室」となる。高校の卒業式を終えたばかりのクラス委員の「わたし」が風邪で欠席した同級生煤木戸《すすきど》さんの家を訪れ、卒業証書とアルバムを手渡す話である。嘘《うそ》や馴《な》れ合いを嫌い、常にはっきりとものをいう硬派な煤木戸さんはクラスで浮いていて、卒業式を欠席するときいて教室内にはほっとするような空気もあった。家には煤木戸さんしかいなくて、「わたし」は部屋にあがりこみ、やがて少しずつ違和感を覚えていくことになる。

冒頭にも書いたが、この作品は学生たちにとても評判がいい。卒業証書とアルバムを届けにいく話が、まさか本格ミステリに変貌することへの驚きもあるが、やはり青春は〝気まずさでできた密室なんだ。狭くてどこにも逃げ場のない密室〟という言葉に代表されるような青春小説としての輝きがあるからだろう。本作以外のほかの作品にもいえることだが、青春の密室の中で気まずい思いを抱きながら、相手が隠していることを解き明かしていくからである。観察・発見・論理が緻密で、それが単にミステリとしての謎解きに終わるのではなく、人物たち（ひいては読者）の生きている世界の鼓動をあらためて伝えるような（気づかせるような）仕掛けになっている。だから優しく温かで、何ともいえない余韻があり、後味がとてもいいのである。

この後味の良さは、関係者たちのその後を描くエピローグでいちだんと深まる。興趣をそぐので詳しくは語らないけれど、各短篇の後日談（または主人公たちのその後の姿）がさらりと書かれてあり、嬉しい驚きの連続で、笑みを浮かべながら読み、彼らの姿を目にやきつけて本を置くことになる。しみじみといい小説を読んだ幸福感に包まれる作品だ。

（いけがみ・ふゆき　文芸評論家）

初出誌「小説すばる」
早朝始発の殺風景　二〇一六年一月号
メロンソーダ・ファクトリー　二〇一六年一〇月号
夢の国には観覧車がない　二〇一七年五月号
捨て猫と兄妹喧嘩　二〇一八年五月号
三月四日、午後二時半の密室　二〇一八年八月号

エピローグは単行本時の書き下ろしです。

本書は、二〇一九年一月、集英社より刊行されました。

本文デザイン／宮口　瑚

集英社文庫 目録（日本文学）

相沢沙呼 雨の降る日は学校に行かない
相沢沙呼 教室に並んだ背表紙
青木 皐 ここがおかしい菌の常識
青木祐子 幸せ戦争
青木祐子 嘘つき女さくらちゃんの告白
青崎有吾 早朝始発の殺風景
青島幸男・訳 23分間の奇跡
青塚美穂 小説 スニッファー 嗅覚捜査官
青塚美穂 深谷かほる・原作 カンナさーん！小説版
蒼月海里 水晶庭園の少年たち
蒼月海里 水晶庭園の少年たち 翡翠の海
蒼月海里 水晶庭園の少年たち 瑠璃の空
蒼月海里 水晶庭園の少年たち 喪に服す電気石
蒼月海里 水晶庭園の少年たち 賢者たちの石
青 羽 悠 星に願いを、そして手を。
青柳碧人 家庭教師は知っている

青山七恵 めぐり糸
青山七恵 私の家
赤川次郎 駈け落ちは死体とともに
赤川次郎 毒 POISON
赤川次郎 払い戻した恋人
赤川次郎 あの角を曲がって
赤川次郎 湖畔のテラス
赤川次郎 ウェディングドレスはお待ちかね
赤川次郎 ベビーベッドはずる休み
赤川次郎 グリーンライン
赤川次郎 哀愁変奏曲
赤川次郎 スクールバスは渋滞中
赤川次郎 ホーム・スイートホーム
赤川次郎 午前0時の忘れもの
赤川次郎 プリンセスはご・入・学
赤川次郎 ネガティヴ

赤川次郎 回想電車
赤川次郎 影に恋して
赤川次郎 聖母《マドンナ》たちの殺意
赤川次郎 呪いの花園
赤川次郎 試写室25時
赤川次郎 秘密のひととき
赤川次郎 マドモアゼル、月光に消ゆ
赤川次郎 神隠し三人娘 怪異名所巡り
赤川次郎 その女《ひと》の名は魔女 怪異名所巡り2
赤川次郎 復讐はワイングラスに浮かぶ
赤川次郎 サラリーマンよ 悪意を抱け
赤川次郎 哀しみの終着駅 怪異名所巡り3
赤川次郎 吸血鬼はお年ごろ
赤川次郎 吸血鬼株式会社
赤川次郎 死が二人を分つまで
赤川次郎 吸血鬼よ故郷を見よ

集英社文庫

早朝《そうちょう》始《し》発《はつ》の殺風景《さっぷうけい》

2022年 1 月25日　第 1 刷　　定価はカバーに表示してあります。
2024年 6 月 8 日　第 5 刷

著　者　青崎有吾《あおさきゆうご》

発行者　樋口尚也

発行所　株式会社　集英社
東京都千代田区一ツ橋2-5-10　〒101-8050
電話【編集部】03-3230-6095
【読者係】03-3230-6080
【販売部】03-3230-6393（書店専用）

印　刷　TOPPAN株式会社

製　本　TOPPAN株式会社

フォーマットデザイン　アリヤマデザインストア　　マークデザイン　居山浩二

ISBN978-4-08-744339-4 C0193